समर्पण

मात-पिता के चरणों में समर्पित

मेरा उपन्यास सर्वप्रथम मात-पिता के चरणों मे समर्पित है। कहानियां लिखने की प्रेरणा मुझे अपने पिता से मिली। वह स्वयं बहुत अच्छे और माने जाने शायर थे। मेरी कहानियों का मार्गदर्शन करने का समय मेरे माता-पिता को नही मिल पाया क्यूँकी वो असमय ही काल के गाल मे समा गए।

मेरा ये साहित्यिक सफर आगे निर्बाध गति से एवं आप लोगो के प्यार और स्नेह से आगे बढता रहे बस यही मनोकामना है मेरी । मेरा ये उपन्यास आप सभी को अवश्य पसंद आयेगा ये मेरा विश्वास है। मेरे पाठकों आपसे अनुरोध है कि मेरे इस विश्वास को कायम रखियेगा।

धन्यवाद

लेखिका की कलम से

आभार

राहुल कुमार, महेश आहूजा, श्री प्रशांत सिंह,

प्रोनित सिंह छाबड़ा, सुभाष अरोरा, अरविन्द अरोरा,
अनिल अरोरा, रंजना कुमार

अनिल डग, राजेन्द्र खन्डेलवाल इत्यादि

सेवा

"और किसी ने कहा वह बिचारी अबला है" उसे बिचारी अबला कहना समाज की मान्यताओं का घोर अपमान नहीं तो और क्या है? उसका निवारण स्थान कितनी गंदी नाली तथा उसका जीवन कितना पतित है यह समाज के उज्जवल भाल पर जीता-जागता कलंक ही तो है।

"और वह नवयुवक चीख उठा" भला इतना ज़हर! बन्द करो बकवास, उसने प्रण किया कि वह समाज की ठुकराई ऐसी सभी पतित स्त्रियों का उत्थान करेगा। उसके हदय में हलचल उठी। उसके मस्तिष्क में सच्चे भाव उठे व्यवहार भावनाओ से ओत-प्रोत हो गया और वह एक कहानी बन गये।

सेवा

(एक उपन्यास)

रेनुका डग अरोरा

(विशेष आभार : स्व: श्री कृपा दयाल डग)

दिल्ली-110089, (भारत)

संस्करण : 2019
ISBN : 978-81-941351-5-9

प्रखर गूँज पब्लिकेशन
एच-3/2, सेक्टर-18, रोहिणी, दिल्ली-110089
दूरभाष : 7982710571, 7838505899

पहला संस्करण : 2019
मूल्य : **295/-**

Ragistration No. : L-81686/2019

Dairy No. : 1717/2019/CO-L

शब्द संयोजन एवं संपादन : दुर्गाप्रसाद
आवरण : दुर्गाप्रसाद

सेवा (एक उपन्यास)
Edited *By* Renuka Dagg Arora

Published by
PRAKHAR GOONJ PUBLICATION
Delhi – 110089
E-mail : prakhargoonj@gmail.com, sinha.neelu123@gmail.com
(M) : 7982710571, 7838505899

मुझे खुशी है कि रेनुका डग अरोरा ने अपने उपन्यास सेवा के प्रकाशन की जिम्मेवारी मुझे सौंपी। बाजारीकरण के इस युग में ऐसे लेखक विरले ही होते हैं, जिनकी लेखनी आपको कल्पना जगत में नहीं, यथार्थ के धरातल पर ला खड़ा करती है और वह भी इस तरह से कि आप पुस्तक पढ़ते समय स्वयं को कथावस्तु में ढूंढने लगते हैं। घटनाओं को कलमबद्ध करने की कला आपको पुस्तक का ही कोई न कोई चरित्र स्वयं में ढूंढने के लिए मजबूर कर देगी। जिंदगी के अनुभव जो आम आदमी की पूंजी होती है, बहुत ही सहज और सटीक रूप से पाठकों के समक्ष प्रस्तुत करने की सफल कोशिश की गयी है। यही गुण होता है कलम के सिपाहियों का।

मेरी शुभकामनाएँ हैं कि रेनुका डग अरोरा अपने लेखन क्षेत्र में सफलताओं के शिखर चढ़ती जाएँ और साथ ही नई पीढ़ी के लिए पथ प्रदर्शक एवं प्रेरणा स्रोत बनें।

नीलू सिन्हा

स्वतंत्र लेखिका

संस्थापक एवं प्रमुख सम्पादक

'प्रखर गूँज प्रकाशन'

सदस्य (ऑल लेडीज लीग एवं फिल्म राइटिंग असोसिएशन)

पहला अध्याय

आई.ए.एस.की परीक्षा में शामिल होने के लिये देश-विदेश से नव युवक देहली पहुँच रहे थे, मद्रास, बंगाल, पंजाब, आंध्र प्रदेश कोई ऐसा प्रांत नहीं था जहाँ से कोई आया ना हो। एक से बढ़कर एक योग्य, सुन्दर और सुशील नवयुवक। आखिर आई. ए. एस की परीक्षा थी, कोई हंसी-खेल नहीं। यों तो लखनऊ से कई युवक परीक्षा देने आये थे। पर कहानी का सम्बन्ध तो विजय कुमार नामक योग्य युवक से है। परीक्षा समाप्त हो चुकी थी।

जाड़े के दिन थे। तिस पर परदेश में ठहरना लोगो के लिये मुश्किल ही था और कुछ दिन पहले ही शहर में दंगा फसाद भी जोरो से हो चुका था। अब तो खैर खुल्लम-खुल्ला झगड़ा तो नहीं हो रहा था पर गुण्डा-गर्दी और छुरा भोकने की वारदातों में कमी नहीं थी। पुलिस भी कोशिश करने के बावजूद भी पूरी तरह से गुंडो पर काबू न पा सकी थी। उस दिन कर्फ्यू आर्डर का आखिरी दिन था। केवल एहतियात के तौर पर रात्रि कालीन कर्फ्यू था। अपनी छोटी सी ज़िन्दगी में विजय बाबू ने दिल्ली के बारे में केवल पढ़ा था। देखने का अवसर तो अब उन्हें मिला था। सारी दिल्ली देखने में कई दिन लग गये। इमारतो के अतिरिक्त हाट-बाजार सभी विजय ने देख डाले। कितना रोचक प्रतीत हुआ उन्हे ये शहर "दिल्ली आखिर दिल्ली ही है"

दंगा-फसाद के कारण शहर की चहल-पहल कम ज़रूर मालूम पड़ती थी। मन ही

मन सोचते विजय बाबू तो बाजारों के एक छोर से दूसरे छोर को पार करते चले जा रहे थे। किस बाजार-मुहल्ले को पार कर कहां चले आये कुछ खबर न थी।

संध्या हो आयी थी। बाजार में चहल-पहल कम हो गयी थी। लोग तेजी से घर को बढ़े चले जा रहे थे। पुलिस ने भी गश्त लगाना शुरू कर दिया था सड़कें सुनसान हो चली थी। कहीं-कहीं गली के नुक्कड़ पर एक या दो व्यक्ति बातचीत करते दिख जाते थे। ठिकाने पर समय से पहले पहुँचने की धुन में विजय बाबू भी लौट चले। कई बाजारों से होकर एक के बाद एक कई रास्तों से निकल गये पर विजय सही रास्ते पर न आ सके किसी सवारी का दूर दूर तक कोई नामो-निशान नहीं था। राहगीरों से पूछा पर किसे गरज जो सही रास्ता बताते और देखते ही देखते रात घिर आयी। परदेसी राह भटक गया। काफी समय गलियो का चक्कर काटते ही निकल गया और गली खुली भी तो जाकर एक बाजार में पर ये बाजार भी उनके लिये नया ही था। विजय घबरा उठे मन ही मन दुखी होने लगे। अजीब बेवकूफी हुई यह सब तो दूसरे दिन भी देखा जा सकता था। वह कुछ देर तक खड़े होकर सोचने लगे। पुलिस के सिपाही गश्त लगाते हुए निकट आ रहे थे बिखरे हुए साहस को समेट कर विजय दुकान में दुबक गये। पुलिस गश्त लगाते हुए दूर निकल गयी। सड़क पर भयानक दृश्य उपस्थित था। बोतलों के टुकड़े, खाली कारतूस से सड़क पटी पड़ी थी, रोशनी भी नहीं थी। बिजली के तार जगह जगह से काट दिये गये थे, सब जगह मौत की खामोशी थी।

मालूम होता था कि अभी-अभी दंगा-फसाद हुआ हो। कूड़ा फेकने के ढ़ोल टूटे पडे थे। बिजली के खँबो पर लगी आग अभी बुझी नही थी। कहीं-कहीं छोटे-छोटे बल्ब टिमटिमा रहे थे। यह था दंगा-फसाद का केंद्र "चावड़ी बाजार"।

काश विजय बाबू ने किसी और दिन यह बाजार देखा होता तो बिना त्योहार के दिवाली समझ बैठते। विजय अपनी ही धुन में बढ़े चले जा रहे थे कि थोड़ी दूर पर रोशनी दिखी। सहारे की आशा में बढ़ चले। छज्जे से छनकर सीधे सड़क पर रोशनी आ रही थी। विचार ठीक था रात बिताने की सुविधा मिल सकती थी।

एक गली के सिरे पर पहुँचते ही पहुंचते कुछ पद ध्वनी सुनाई दी। मुड़े ही थे कि कुछ लोगो ने घेर लिया "पकड़ो! मारो! हिन्दू है" तभी एक तीव्र धक्का लगा था और शीशे जैसी कोई चीज छाती में उतरती महसूस हुई थी। हल्की चीख के साथ परदेसी नौजवान बेहोश हो चुका था। उपरी छज्जे की रोशनी ज़ल उठी। गुंडे रोशनी देख भाग खड़े हुए। विजय बाबू सीढ़ियों पर औंधे मुँह पड़े थे।

जीने का दरवाजा खुला। कुछ लोग विजय को उठा कर ऊपर ले गये। द्वार फिर बन्द हो गया। कमीज और पतलून दोनो खून से लाल हो चुके थे। दोनो कपड़े उतार

दिये गये। छाती और बांह दो जगह गहरे घाव लगे थे। खून बहना तो बन्द हो गया था पर जगह-जगह खून के थक्के ज़म गये थे। गर्म कोट की जेब में कुछ कागजात तथा एक मनीबैग था।खून के कारण कागजात भी लाल हो चुके थे। गुलाम मोहम्मद कपड़े बदल ही रहा था कि तभी सोना आ गई। सोना इस घर की मालकिन थी। रंग सांवला होने पर भी शक्ल बुरी नहीं थी। मिजाज की चिड़चिड़ी उम्र भी अधेड़ पन से काफी आगे जा चुकी थी। पर बनाव श्रृंगार का शौक अभी बाकी था। मुँह पर पावडर थोप कर ऐसी मालूम पड़ती थी मानो बरसाती दीवार पर जमी काली काई पर किसी ने सफेदी पोत दी हो।

कपट की देवी घबराती हुई बोली हाय राम! कोई परदेसी जान पड़ता है। मरे गुंडो का नाश हो परदेसी को ही मार दिया। जरा मैं भी तो घाव देखूँ। छीः छीः गुलाम मोहम्मद सोना की ओर देखते हुए बोला "अरी! घबरावे मत! देख तो कैसा खूबसूरत नवजवान है ?

अरे मोहम्मदे तैने भी एक कही मरी खूबसूरती को मै लेकर चाटूँगी क्या? कुछ पैसा-कोड़ी भी है इसके पल्ले या कोरा भूखा कंगाल है। उदारता के रूप में कितना भयंकर कपट। मोहम्मद ने जेब से पर्स निकालकर सोना को थमा दिया। काफी रूपये थे उसमे। सोना ने मोहम्मदे की ओर देखा और मोहम्मदे ने सोना की ओर मानो आँखो ही आँखो में कह रहे हो कि "भगवान जब देता है तो छप्पर फाड़ कर देता है" कई दिनो से बोहनी भी नहीं हुई। सारा घाटा इस तरह पूरा हो हो गया। हादसे से सभी जाग उठे थे। रंजना भी कमरे में आ चुकी थी (रंजना के विषय में इतना ही जान लेना काफी है कि वह कीचड़ में खिले कमल की भांति थी) सोना के हाथ में पर्स देखकर फौरन सारा भेद जान गयी।

पर्स सोना के हाथ से लेते हुए गुलाम मोहम्मद की ओर कडी दृष्टि ड़ालकर पूछा "अरे! कोई डॉक्टर बुलाया या नही"।

"धरी है! तेरे लिये आधी रात में डॉक्टर जाने कौन है, कहां का है? हम झमेले में काहे पड़े। चल मोहम्मदे सोने चल," सब कुछ व्यंग्य में एक ही साँस में कह गयी। रंजना ने सोना की ओर ऐसी दृष्टि से देखा जैसे आँखे कह रही हो "धिक्कार है, सोना तुम पर और तुम्हारे जीवन पर, संभव है कि क्रोध में कुछ कड़ी बातें कह जाती, पर मन बोल उठा कि यह औरत क्या जाने सेवा का कर्तव्य, इसका जीवन तो केवल पैसा है आखिर वेश्या जो ठहरी" मन वितृष्णा से भर उठा। मौका देखकर खिसकने की फिराक में मोहम्मदे बोल उठा "बीबी जी! इस वक्त आधी रात को डॉक्टर कहां मिलेगा। खतरे में घर से बाहर कौन निकलेगा, जान किसे प्यारी नहीं" आँखो का वह छल रंजना के लिये

कोई विशेष आश्चर्य नहीं था, पर सवेरा होने तक हो भी क्या सकता था। बिचारी! खैर! कह कर चुप हो गयी। घाव पर पट्टी बंध चुकी थी। सोना और मोहम्मदे दोनो सोने जा चुके थे। कमरे में केवल रंजना ही रह गयी।

उसने परदेसी के मुँह की ओर देखा। दिल में विश्वास हो गया कि वह भले घर का है पर विचारो में प्रश्न उठा कि आखिर कौन है? और इस बाजार में आने का मकसद क्या है? सिरहाने रखे कागजातो से शायद कुछ अनुमान हो। खून से लथपथ चिठ्ठियां पढ़ना तो लगभग असम्भव ही था। हाँ! एक लिफाफे पर कुछ अस्पष्ट सी संकेत लिपी अंकित थी।

"विजय कुमार"

बी.एस.सी.

मरिना होटल

नई दिल्ली

रंजना को भी उस परदेसी के बारे में जानने की उत्सुकता थी। परंतु दिन निकलने से पहले हर कोशिश बेकार थी। खड़ी सोच रही थी कि फ़कीरा ने प्रवेश किया, गरदन नीची किये मानो कोई अपराधी हो।

"अरे! क्या हुआ फ़कीरा"

"बीबी जी"

"हाँ! कुछ बोल तो सही"

दबी जबान में फ़कीरा ने बताया "बीबी जी तानपूरे का तार टूट गया आप ज़रूर खफ़ा होंगी। कल फिर आपका रियाज न हो पायेगा।"

"जाने दे फ़कीरा तानपूरे का तार टूट गया तो क्या हुआ दूसरा लग जायेगा। जा मेरा बिस्तर यहीं ले आ। अपराधी बिना दन्ड के छूट गया। फ़कीरा खुश हो गया पर बीबी जी यहां दूसरे पलंग की जगह ही नहीं है।"

"अरे! यहीं ज़मीन पर बिछा दे"

"पर ज़मीन पर सोने से रात मे तकलीफ ....

रंजना झल्ला उठी। "ज़ितना कहती हू, उतना ही कर, मेरी तकलीफ को ही रोये जायेगा। अरे! फ़कीरा सुख और दुःख तो मन का बहलाव है। यह ले मनीबैग, संभाल के रख दे"।

"बीबी जी, गिन लो कहीं कम बढ़ ...."

अरे! हाँ हाँ रख दे। ज़िसकी अमानत है उसे वापस हो जायेगी हम कोई निकाल थोड़े ही लेंगे और देख तकिये के नीचे मेरी किताब रखी है ले आईयो। फ़कीरा ने बीबी जी का बिस्तरा लगा दिया था, तकिये के सहारे बैठकर रंजना पढ़ने लगी। फ़कीरा ने भी एक किनारे बैठकर बीड़ी सुलगा ली थी।

"क्यू रे फ़कीरा तू बीड़ी पीना नहीं छोड़ेगा क्या? अरे तू बीड़ी पीना क्यू छोड़े है, एक दिन तेरी जान लेकर जायेगी। जब दमा हो जायेगा तो सारी रात खो-खो करता फिरेगा तभी पता चलेगा, जब मौत नाचती दिखेगी। मेरा कहा कब माने है तू"

ज़मीन पर बीड़ी को रगड ही डाला फ़कीरा ने पर चुप न बैठ सका।

"ठीक ही तो कहती हो बीबी जी, पर मुझे मौत काहे को आवेगी, ज़ितने दिन पाप की ज़िन्दगी लिखी है काटनी तो पडेगी। यह भी कोई जीवन है। ना जाने कब मरूँ, ना जाने कब बेड़ा पार हो। मगर बीबी जी मै चला गया तो न जाने तुम्हारा क्या

होगा ? इतने बड़े जालिम संसार में बेसहारा हो जाओगी, बस इसी ख्याल से यहां पड़ा हूँ। वरना ज़िस दिन मन में समायेगा वैरागी हो जायूँगा"। कहते कहते फ़कीरा की आँखे भर आयी। रंजना का भी मन मलीन हो गया।

"हाँ! फ़कीरा जाने हमारे भाग्य में क्या लिखा है। खैर! अब तू सो जा रात काफी हो गयी ज़रा चौकस सोईयो। अपन तो वक्त ही बुरा चल रहा है। न जाने कब क्या हो?

"हाँ! बीबी जी, इस दुनियां में किसी का भी भरोसा नहीं है फ़कीरा सोने के लिये कमरे में चला गया। रंजना ने भी दरवाजा भीतर से बन्द कर लिया परदेसी उसी तरह अचेत था। परदेसी के पैरो से लिहाफ उठाकर सीने तक ढ़क दिया। कलाई पर बंधी घड़ी और खून से सने कागजात भी तकिये के नीचे रख दिये। उस समय रात के ग्यारह बज रहे थे। रंजना बैठकर पढ़ने लगी। प्रायः संसार के सभी लोगो ने रात सोकर गुजारी होगी पर रंजना ने ये पहाड़ जैसी रात पढ़कर गुजार दी। रात के तीसरे पहर परदेसी के बदन में कम्पन हुआ। धीरे-धीरे चेतना आने लगी थी, परंतु पलभर हल्की आवाज में "माँ" कह कर पुनः अचेत हो गया।

प्रातः काल होने में थोड़ी देर थी। रात भर की जागी रंजना की आँखे कुछ देर को बन्द हो गयी। सारा घर जाग उठा था। मोहम्मदे सोना को कह रहा था "देखा! बड़ी शरीफजादी बनती है। रात भर परदेसी के कमरे में सोई पड़ी रही। रे! अच्छी सूरत पर कौन नहीं मरता। ज़रा होशियार रहियो कहीं फँसी-फसाई चीड़िया दगा न दे जाये और फिर कब तक ऐसे ही ढ़ील देती रहोगी। आज बारह रोज हो गये, टाईम नहीं लगा।

कुछ घर की भी फिक्र है। कल किस्मत से कुछ रूपये हाथ लगे तो वो मनीबेग भी तुमने रानी जी के हवाले कर दिया। अब देखे आज क्या खाती हो, घर में गेहूं का एक दाना भी नहीं है। कै दिन पेट पर पत्थर बंधेगा? मोहम्मदे अपनी ही धुन में बड़बड़ा रहा था। फ़कीरा भी हाथ मुँह धोने नल पर आया तो सोना और मोहम्मदे को गुपचुप बातें करते देख कर कोई आश्चर्य नहीं हुआ, यह तो इनका रोज का नियम है।

हाँ! इतना विश्वास ज़रूर हो गया था कि दिन में कुछ खटपट के आसार है। फ़कीरा को क्या परवाह वह नल पर मुँह धोने लगा। मोहम्मदे ने बातो का रुख बदल दिया, बीबी जी अभी तक सोई पड़ी है क्या! तबियत तो ठीक है। फ़कीरा ने मानो बात ही अनसुनी कर दी हो। धोती के फेंट से मुँह पोछते हुए फ़कीरा ने जवाब दिया "बड़ी फिकर की तैने! क्यो कौन सी हुंडी भुनानी है?

मोहम्मदे खामोश हो गया। सोना ने फ़कीरा की ओर देखा पर खामोश रही, कुछ बोल नहीं सकी, केवल इतने ही शब्द मुँह से निकले "जा जगा दे बीबी जी को सूरज सर पर चढ़ आया है" फ़कीरा ने दोनो को कड़ी दृष्टि से देखा। न जाने उन निगाहों क्या था, दोनो ही सहम गये। कंधे पर कुर्ता डाले नीचे उतर गया। मकान से थोडी दूर पर आगे बीचो-बीच चावड़ी बाजार में एक डॉक्टर का दवाखाना था। बड़े तजूर्बेकार डॉक्टर थे। आदमी को खूब पहचानते थे। इसी बाजार में प्रेक्टिस करते १०.१२ साल बीत गये थे। सरकार में भी काफी मान था। रायसाहब का टाईटिल भी हासिल था। उमर

अधैड़ थी। चावड़ी में पुराना दवाखाना होते हुए भी मुश्किल से एक या दो गाने वाली ही उनकी मरीज थी। घर के रईस थे। रंजना से भली-भांति परीचित थे। उसकी दीन दशा से कभी-कभी मन खिन्न हो उठता था। उसके बुलाने पर फौरन जाते थे। समाज के डर से कुछ खुल्लम खुल्ला मदद तो न कर पाते थे पर दिल से यहीं चाहते थे कि बिचारी का जीवन सुधर जाये। कभी कभी तो विचारो और भावनाओ में कड़ी बहस हो जाती थी, पर समाज का डर हमेशा साहस की कमर तोड़ देता था। मतब से थोडी दूर डॉक्टर साहब की कोठी थी। फ़कीरा सुबह ही कोठी पर पहुँच गया। बाहर बरामदे में ही डॉक्टर साहब बैठकर अखबार पढ़ रहे थे। फ़कीरा को देखकर ताज्जुब हुआ। आखिर दूर से ही पूछ लिया "अरे! कैसे आना हुआ! सब ठीक तो है?"

"डॉक्टर साहब! सब मेहरबानी है, एक मरीज दिखलाना है। जवाब देते-देते फ़कीरा वहीं ज़मीन पर बैठ गया और सारा हाल सुनाने लगा। वह अपनी रौ में कहता जा रहा था, इधर डॉक्टर साहब सोच रहे थे

"सेवा! एक परदेसी की सेवा"

"मानव जाति की सेवा"

धन्य है! वह सेविका, कितने ऊँचे है, उसके विचार, पर किस्मत ने उसे किस दलदल में ढ़केल दिया है। फ़कीरा सुना चुका था। उसके मुँह पर चिन्ता के चिन्ह झलक रहे थे। डॉक्टर साहब समझ गये कि उसे किस बात की फिक्र थी। अखबार मेज पर रख कर अंगड़ाई लेते हुए खड़े हो गये।

"अच्छा! चलो मै चलता हूँ"

"लेकिन आपकी फीस" फ़कीरा बुदबुदा कर बोला।

"ओफ! बेवकूफ कहीं का" इसकी बड़ी फिक्र की तैने! ठहर, एक प्याली चाय तो पी लू। फ़कीरा वहीं बैठा रहा। थोडी देर में डाक्टर साहब कोठी से बाहर थे। फ़कीरा ने उनका बैग हाथो में ले लिया। दोनो घर की ओर चल पड़े।

कमरे में पदचाप की आवाज से रंजना की आँखे खुली। अचानक डॉक्टर साहब को देखकर बड़ा आश्चर्य हुआ तत्पश्चात फ़कीरा की ओर कृत्रिम रोष से देखा उसे लगा कि उसके होते हुए उसे किस बात का डर? आखिर उसका भी तो कोई फर्ज है। इतने में डॉक्टर साहब ज़ख्मो पर पट्टी बाँध चुके थे। फ़कीरा ने परदेसी को आराम से लिटा दिया था। एक इंजेक्शन देकर डॉक्टर साहब ने अपना बैग बन्द किय। रंजना ने दबे स्वर में कहा "डॉक्टर आपकी फीस" डॉक्टर साहब ने रंजना को चिंतित देख कर स्नेह भरे स्वर में कहा। "कर्मक्षेत्र में सेवा के नाते हम दोनो बराबर है। दोनो में कोई ऊँचा है ना कोई नीचा। फिर बराबरी में ये रूपये का लेनदेन कैसा" रंजना के मुख पर संतोष की रेखा झलक उठी, और परदेसी की जान। "खतरे की कोई बात नहीं है" ज़ख्म गहरे नहीं है, पर खून ज्यादा निकल गया है। शाम तक होश आ जायेगा। दिल की कमजोरी है, इन्हे किसी प्रकार का कोई कष्ट न हो। मरीज को बस आराम चाहिये। मै रोज आया करूँगा।

हाँ! फ़कीरा को भेजकर दोपहर की दवा मंगा लेना। होश आने पर दवा दे देना।

फ़कीरा ने डॉक्टर साहब का बैग हाथो मे ले लिया। सर के बिखरे बालो को रंजना ने ठीक किया। परदेसी की ओर एक नजर डाली। परदेसी उसी तरह अचेत था। खून से रंगी पतलून और कमीज उठाकर कमरे से बाहर चली गयी।

स्नानघर मे कपड़े डालकर नित्यक्रिया के पश्चात रंजना ने कपड़े धोकर स्नान किया। मोहम्मदे और सोना सब कुछ देखते रहे। किसी की समझ मे कुछ नहीं आया। बात कुछ बिगड़ती ही जा रही थी। रात को हाथ से परदेसी का मनीबैग लेना दोनो को ही बुरा लगा था। सुबह कुछ बहस हो ही रही थी कि फ़कीरा डॉक्टर को ले आया, जलती आग पर घी के छीटें पड़े। तिस पर सुबह ही सुबह तैयार होकर रंजना के कहीं बाहर जाने के अनुमान ने दोनो को शक का एक और मौका दे दिया। नहा धोकर रंजना

निकली हाथ मे परदेसी के निचोड़े वस्त्र देखकर दोनो की चिन्ता का ठिकाना ना रहा। सोना कुछ पूछना चाहती थी कि रंजना तार पर कपड़े फैलाकर कमरे मे चली गयी। दोनो मे कुछ काना फूसी हुई। रंजना बाल संवार कर, दुशाले को हाथ मे लेकर कमरे से बाहर निकली। कमरे का ताला लगा ही रही थी। पर सोना से ज्यादा सब्र न हो सका। पूछ ही बैठी "यह सुबह-सुबह मेमसाहब की सवारी किधर चली"

"यूं ही! ज़रा काम से" अनमने भाव से उत्तर दिया। सोना को इस प्रकार के उत्तर की आशा न थी।

"यूं ही जरा काम से" काम नहीं चलेगा, कुछ पेट धन्धे की भी फिक्र है। फूटी कोड़ी की भी आमदनी न हुई। आज बारह रोज हो गये। निगोड़ा दंगा भी इसी बाजार मे होने को था।

रंजना को मानो कोई भूली बात याद हो आयी। हाँ! खूब याद आया। मोहम्मदे आज जरा तानपूरा ठीक करा लाईयो। आज तो टाईम लगाऊंगी ही। रूपये की सख्त ज़रूरत है, परदेसी के इलाज के लिये। कमरे का ताला बन्द हो चुका था क्रोधित सोना फूँफकार रही थी।

"मरा! परदेसी के इलाज के लिये और हम सब भूखे रहे। बड़बड़ाने का कोई अंत नजर नहीं आ रहा था। तभी फ़कीरा ने प्रवेश किया।

"क्यू रे! क्या चख-चख लगा रखी है"

"मै, तुमसे पूछती हूँ कि ये मेमसाहब सुबह ही सुबह कहां चली। कुछ पेट का भी ख्याल है। घर मे अनाज का एक दाना भी नहीं है। अब पेट पर पत्थर बांधे पड़े रहो। खूब सर चढ़ा रखा है इस निगोड़ी को। सोना बड़बड़ाती ही जा रही थी। रंजना ताला लगा कर जा चुकी थी पर भूले से कागजात को लेने पुनः कमरे की ओर लौट पड़ी।

"क्यू रे! फ़कीरा क्या हुआ"

"वहीं रोज की चखचख"

अच्छा चल! मेरे लिये एक तांगा ले आ। मरिना होटेल जाना है। रंजना ने बात को टालना चाहा। बीबी जी एक कप चाय तो पी लो। ये मुई सुबह से ही बखेड़ा खड़ा कर देती है। चाय बना दूँ। पता नहीं कितनी देर लगे। रंजना को फ़कीरा की ममता पर ज़रा भी संदेह नहीं था, पर वक्त की जल्दी थी।

नहीं फ़कीरा! तू बस तांगा बुला ला लौटकर देखा जायेगा। रंजना ने ताला खोलकर पता और चाबी ली और तांगे मे सवार हो चल पड़ी।

दूसरा अध्याय

नई दिल्ली की काली सड़कों पर रंजना का तांगा तेज रफतार से चला जा रहा था। मंजिल दूर न थी। थोडी देर मे मरिना होटेल का जगमगाता बोर्ड दिख रहा था। तांगे से उतर कर रंजना होटेल मे ऊपर आ गई। मैनेज़र साहब कहीं फोन कह रहे थे, रंजना ठिठक गई। वह किससे पूछे और क्या, इसी सोच-विचार मे पैसेंन्जर बोर्ड पर उसकी नजर पड़ी एक-एक करके शुरू से सभी नाम रंजना ने पढ़ने शुरू किये। बारह नम्बर के सामने "विजय कुमार" का नाम अंकित था। मैनेज़र साहब ने फोन पर बातचीत खत्म की। आँखो पर चश्मा चढ़ाते हुए बोले "यस मैडम फरमाईये"

जी! बारह नम्बर के कमरे में जाना है "रंजना ने बड़ी गंभीरता से उत्तर दिया। मैनेजर ने घंटी बजाई और रंजना होटल के एक नौकर के साथ ऊपर चली गई। जीने पर चढ़कर बरामदे में एक कमरे के सामने नौकर रुक गया "यह बारह नम्बर का कमरा है। पर यहां ताला।"

अभी आप ठहरिए मै यहां के ब्बाय को बुला लाता हूँ, उसे मालूम होगा कि पैसेन्जर कब से गया है। उसने पुकारा "चन्दन" रंजना ने द्वार के ऊपर देखा। दीवार पर लिखा था "12" पास पड़ी कुर्सी पर वह बैठ गयी। द्वार पर लगे ताले को देखकर उसे जंच रहा था कि यह वही ताला है, ज़िसकी चाबी उसके पास है। चन्दन पास के कमरे से चाय की खाली ट्रे लेकर आ रहा था। कमरे के सामने एक अपरिचित स्त्री को बैठा देख

वहीं रुक गया।

"किससे मिलना है! बहन जी"

"चन्दन से "बातों की गरज से रंजना कुर्सी से उठ खड़ी हुई।

"मेरा ही नाम चन्दन है" चन्दन ने खाली ट्रे ज़मीन पर रख दी।

"देखो चन्दन! मिस्टर विजय कुमार क्या इसी कमरे में ठहरे है"

"कौन विजय बाबू, वही जो लखनऊ से आये है। आई.ए.एस. का इम्तिहान देने। वह तो कल शाम को शहर के लिये कहकर गये थे। फिर रात में नहीं आये। कल खाना भी नहीं खाया। पता नहीं कहां चले गये" बात पूरी भी नहीं हो पायी थी की पेसेंजर की घंटी फिर बजी। चन्दन को भी कुछ बुरा लगा पर जाना तो था। "एक मिनट में आया बहन जी! आप बैठ जाईये। कांधे पर रखे तौलिये से चन्दन ने कुर्सी साफ कर दी। रंजना को भी चन्दन के इस शराफत के बर्ताव से बड़ा ताज्जुब हुआ। यों तो होटल के बैरे-ब्बाय सभी बड़े घुटे हुए और चालाक होते है। रंजना कुर्सी पर बैठ कर सोचने लगी। "आई.ए.एस की परीक्षा देने" चन्दन फिर आ गया।

"बहन जी! मालूम नहीं विजय बाबू कब तक आवे! आप कहां तक उनका इंतेजार करेगी। काम बतला जाईये आने पर मै कह दूँगा। चन्दन ने धरती पर से चाय की खाली ट्रे उठा ली। ट्रे उठाने के प्रयत्न में कोट की बांह ऊपर सरक गयी। दाहिने हाथ में बँध ी राखी कितनी सुन्दर मालूम हुई। रंजना एकटक राखी को देखने लगी।

"क्या देख रही है बहन जी, यह राखी मेरी दीदी ने बाँधी है। आज रक्षाबन्धन है ना। आपने भी तो अपने भैया को राखी बाँधी होगी। रंजना की आँखो में आंसू छलछला आये। उसने आँचल से आंसू पोछ डाले। चन्दन कुछ भेद न समझते हुए भी मनमलीन हो गया। घटी फिर बजी। ट्रे वहीं रखकर चन्दन चला गया। रंजना जीने से नीचे उतर आयी। मैनेज़र साहब काउंटेर पर खड़े होकर सिगरेट का दम खीच रहे थे। रंजना को आते देख रेल के इन्जन के माफिक घुआं छोड़ते हुए उत्सुकता से पूछा।

"कहिये मुलाकात हुई विजय बाबू से" रंजना काऊंटर के पास आकर रुक गयी।

"जी नहीं वो यहां नहीं है। कल से उनकी तबियत खराब है। वह मेरे ही घर ठहरे है। मै उनका सामान लेने आयी थी। यह उनके कमरे की चाबी है। रंजना ने पर्स से निकालकर चाबी मैनेजर के हाथ मे दे दी। शंका की कोई जगह न थी फिर भी मैनेज़र पूछ ही उठा "जी आप"

"मै उनके दूर के रिश्ते से" वह कल से ही मेरे ही वहां है। होटल का बिल तैयार

होते-होते छोकरा कमरे से सामान नीचे ले आया था। सामान था ही क्या।

“एक सूटकेस और एक बिस्तरबन्द। नीचे तांगे पर सामान लाद दिया गया। बिल बन चुका था। रंजना पैसे चुकाकर चलने लगी। मैनेज़र ने पैसेन्जर बोर्ड से विजय बाबू का कार्ड निकाला और फाड़कर मेज के नीचे टोकरी मे फेंक दिया।

रंजना को मैनेज़र के इस बर्ताव से ताज्जुब और दुख दोनो हुआ। सच है! बाजारू औरत के कमरे और होटल मे थोड़ा ही फर्क है। मुसफिर को पैसे दोनो ही चुकाने पड़ते है कहीं ठहरने से पहले कहीं ठहरने के बाद। होटल से बाहर तांगे पर आकर रंजना बैठ गयी। तांगा चल पड़ा। दोपहर होते - होते रंजना अपने घर पहुँच गयी। सोना का चूल्हा ठंडा पड़ा था। एक कोने मे बैठी धूप मे पड़ोसिन से जूएं दिखवा रही थी। रंजना को आते देख कहां से आयी पूछने का साहस नहीं हुआ। रंजना परदेसी के कमरे मे चली गयी। फ़कीरा सिरहाने बैठा हल्के - हल्के उसका सिर दबा रहा था। रंजना को आते देख कुर्सी से उठ खड़ा हुआ

“आ गयी बीबी जी”

“हाँ! यह ले चाबी! नीचे तांगे से सामान लाकर मेरे कमरे मे रख दे और यह ले एक रूपया तांगे वाले को दे दिजियो, फ़कीरा रूपया और चाबी लेकर चला गया।

रंजना ने कमरे की खिड़की खोली। बाजार मे चहल - पहल अच्छी थी। सामने बाजार मे लोहे वाले की दुकान मे बिसाती ने रंग - बिरंगी राखियां फैला राखी थी। लाल, हरी, नीली, पीली सभी रंग की और गोटे वाली भी। रंजना के कानो मे चन्दन के वही शब्द गूंज उठे।

“वही विजय बाबू जो लखनऊ से आये है। आई.ए.एस. की परीक्षा के लिये। यह राखी तो मेरी दीदी ने बांधी है। आपने भी तो आपने भाई को बांधी होगी। राखी वाला बराबर आवाज लगा रहा था। राखी एक एक आने की। भाई बहन का नाता सिर्फ एक एक आने मे” रंजना को राखी वाले की आवाज पर कुछ हंसी भी आ गयी। कितना सस्ता समझता है भाई - बहन के रिश्ते का, एक बार परदेसी की ओर देखा। काश! उसका भी कोई भाई होता ज़िसे वो भैया कहती। फ़कीरा सामान कमरे मे रखकर चूल्हा गरम करने लगा पर बने क्या? ये पूछने के लिये बीबी जी के पास गया। खिड़की के सहारे बाजार की ओर मुँह करके रंजना खडी थी। आँखे नम थी। पैरो की आहट सुनकर रंजना ने आँचल से आंसू पोंछ डाले।

“क्या है रे फ़कीरा”

“कुछ नहीं बीबी जी। यह पूछ रहा था कि क्या बनाऊँ?”

"तू जो चाहे बना ले। मुझे तो भूख नहीं है।"

"तो मै अकेले पेट को क्या बनाऊंगा। शाम को देखा जायेगा। रंजना को ऐसा प्रतीत हुआ मानो उसी के कारण फ़कीरा भी दिनभर भूखा रहेगा। कल भी बेचारे ने नहीं खाया था। पकी - पकाई थाली परोस कर बैठा ही था कि सोना जूते समेत चौके में चली गई। वैसी की वैसी थाली फ़कीरा ने सरका दी। ठाकुर है ना जात का छुआछूत कैसे खा लेता बेचारा एक प्याली चाय पी कर रह गया। और आज भी ध्यान आते ही विचार पलट गया।

"फ़कीरा खाना जो मन में आये बना ले मै भी थोड़ा खा लूँगी। आज रक्षाबन्धन है ना, जा बाजार से थोड़ा दूध लाकर खीर बना ले और देख थोड़ा दूध रख दिजियो शायद परदेसी को होश आ जाये तो। बेचारे के पेट में कल से कुछ नहीं गया है। कहते कहते रंजना की आँखे फिर भर आयीं। फ़कीरा आश्वासन देने लगा।"

"बीबी जी। दुखी होने से क्या फायदा? जीवन के सब दिन एक से नहीं होते। दुख के दिन भी कट जायेंगे, कौन जाने इसी परदेसी के हाथो कुछ कल्याण हो जाये। भगवान के घर देर है अंधेर नहीं। वह कब क्या कर दे, ये कोई नहीं जानता। आँसू पोंछ डालो बीमार के पलंग के पास बैठकर रोना अच्छा नहीं है अशुभ होता है। बातें चल ही रही थी कि तभी मोहम्मदे तानपूरे के तार ठीक करा लाया।

"बीबी जी देख लो तार सुर मे मिल रहा है ना! यों तो कारीगर से ठीक तार डालने को कहा था" रंजना ने तानपूरे का स्वर मिला कर देख लिया। "हाँ! ठीक है! और सुन मोहम्मदे बड़े मियां को सारंगी और दीना को तबले के लिये भी कह आया है ना।"

हाँ बीबी जी, तानपूरे को उठा कर दीवार के सहारे खड़ा कर दिया। समय जाते देर न लगी दिन ढ़लने लगा संध्या हो आयी। सूर्यनारायण् तेजी से अस्ताँचल की ओर बढ़े चले जा रहे थे। आज रंजना का संगीत होगा। सोना पलंग पर बैठी सुपारी काट रही थी और मोहम्मदे कमरे की सजाई मे तल्लीन था। एक एक कर सारी चीजे तैयार कर दी गई। कमरे मे दरी पर चांदनी तकिये ठिकाने से रख दिये गये। बाजा - तबले की जोड़ी और तानपूरा सभी अपने अपने स्थान पर सजा दिये गये। शाम का समय हो चुका था। बाहर छज्जे की बत्ती जला दी गयी। मोहम्मद तैयारी करते करते सोना की ओर देख लेता था। मानो आँखो ही आँखो मे कह रहा हो कि मै काम तो जी तोड़कर कर रहा हूँ पर कौन जाने रूपया की सूरत भी देखनी नसीब होगी भी या नहीं। रात चढ़ती गई। रंजना तैयार होने लगी। बाल संवारे। साड़ी और ब्लाऊज बदला। इससे अधिक श्रृँगार की उसे आदत न थी। नीचे बाजार मे तमाशबीन ज़मा होने शुरू हो गये थे। पनवाड़ियों की बिक्री बढ़ना शुरू हो गयी थी। होटल वालों की चाय के प्याले पर

प्याले बिकने लगे। तमाशबीन इधर - उधर चक्कर काटते और रंजना के कोठे के नीचे आकर ठिठक जाते। जलती हुई बत्ती इस बात का संकेत थी की आज रंजना के यहां भी टाईम लगेगा। बाजार मे दुकानदारो ने दुकाने बढ़ाना शुरू कर दिया था। घर से खा पीकर जल्दी आना होगा आज रंजना का गाना सुने बगेर कैसे रह सकते थे? बाज मनचले ऐसे उतावले थे कि आदमी भेज कर खबर भी मंगवा ली कि गाना नौ बजे शुरू होगा। नौ बजने मे थोड़ी देर थी बड़े मियां सारंगी पर तू - तां कर रहे थे। दीना बाजे के सुर से तबला मिला रहा था। कुछ लोग आकर जम भी गये थे। रंजना को अब जाना ही था। रंजना ने एक नजर परदेसी की ओर देखा वह उसी तरह अचेत था।

काश! उस वक्त तक भी जाग उठता। रंजना चली गयी। फ़कीरा सिरहाने बैठकर सिर दबाने लगा। तानपूरा मिलते ही संगीत प्रारम्भ हुआ। बागेश्वरी का कितना मधुर राग वह गा रही थी। कितने मनहर बोल थे "बहती चल ओ मेरे जीवन की नौका बहती चले"...... रूपये की बारिश शुरू हो गयी थी। सुनने वाले स्तब्ध सुन रहे थे। राग खत्म हुआ। संगीत किसने समझा किसने नहीं यह तो ठीक ठाक नहीं कहा जा सकता पर वाह वाह सबने की। रंजना ने दूसरा राग गाना शुरू किया। परदेसी के कानो मे मधुर संगीत की ध्वनी पड़ी। उसे चेतना सी आने लगी। शरीर मे कुछ हरकत पैदा होने लगी हिलने डुलने का प्रयत्न किया पर ज़ख्म के कारण कुछ दर्द महसूस हुआ। परदेसी के होठ हिले धीमे स्वर मे बोला"मां! पानी "फ़कीरा ने चम्मच से पानी पिला दिया। थोड़ी देर मे परदेसी को पूरा होश आ गया। उसने आँखे खोल दी। संगीत बराबर कानो मे पड़ रहा था। तकिये के सहारे थोड़ा ऊपर सरक कर बैठने का प्रयत्न किया। एक नये कमरे मे अपने आपको देखकर चकित हो गया। चारो ओर दीवार पर लगी तस्वीरें एक - एक करके देखता रहा। ऊपर नीचे सभी ओर देखा पलंग के सहारे मेज पर दवा की शीशी हाथ मे उठा ली। लेबिल पर नाम लिखा था "विजय कुमार" उसका ही नाम ...... सिरहाने रखी किताब देखकर ऐसा प्रतीत होता था। मानो कोई पढ़ते-पढ़ते छोडगया हो। पलंग के साथ ये ज़मीन पर किसका बिस्तरा? हर चीज विजय के लिये समस्या बन गयी थी। दिमाग सोच रहा था पर कान संगीत की ओर लगे थे। कितना सुन्दर द्रुत की लय थी अवश्य कोई कलाकार ही गा रहा था। तानपूरे के तार झनझना रहे थे। साजोंमें अपनी अपनी दौड़ हो रही थी पर तानपूरा सबसे आगे था। एकाएक झनन्न ...... की आवाज के साथ तानपूरे का तार फिर टूट गया। संगीत समाप्त हो गया। तमाशबीन उठकर चलने लगे। धीरे धीरे सारी महफिल खाली हो गयी। उस्ताद ने सारंगी पर गिलाफ चढ़ा दिया। द्वार पर खड़ा फ़कीरा कह रहा था।

"बीबी जी परदेसी को होश आ गया। "मानो बिजली कड़क उठी रंजना के कानो मे। नयनो मे उल्लास छलक आया। "अरे! फ़कीरा तू रूपये गिन हिसाब - किताब करता

रहियो। मै परदेसी के पास जा रही है"..............

कमरे का दरवाजा धीरे से खुला। रंजना ने कमरे मे प्रवेश किया। विजय तकिये का सहारा लेकर भौंचक्का बैठा था एक सुन्दर नवयुवती को अन्दर आते देख कर और भी चकित हुआ। रंजना पास आ गई।

"अब आपकी तबियत कैसी है" विजय के जीवन मे यह पहला अवसर था कि मां के सिवा किसी और स्त्री ने इतने प्यार से उसका हाल पूछा था। ऊपर से नीचे तक विजय ने रंजना को देखा। पतली काली किनारी की सफेद साड़ी, सादा ब्लाऊज। हाथो मे सोने की दो चूड़ियां, गले मे हल्की चेन। सब कुछ ऐसा मालूम हुआ मानो खिलने से पहले ही कली मुरझा गई हो। रंजना पास पड़ी कुर्सी पर बैठ गई। विजय असमंज़स मे पड गये। "मै यहां कैसे .... आप कौन ...." एक ही साँस मे परदेसी ने न जाने कितने प्रश्न पूँछ डाले। रंजना ने दवा की शीशी से गिलास मे दवा उडेलते हुए कहा - आप यह दवा पी लिजिये, सारी बातें बाद मे सुन लिजियेगा। केवल इतना विश्वास रखिये यहां आपको किसी प्रकार का कष्ट न होगा। विजय बाबू शंका भी क्या करते चुपचाप दवा पी ली।

"यह कौन गा रहा था। कितना मधुर संगीत था"

"मैं"

"आप कौन"

"रंजना"

साजिन्दे अपना हिसाब किताब लेकर चले गये। फ़कीरा छज्जे की बत्ती बुझा दी। कमरे मे आकर पलंग के सहारे पायताने बैठ गया। कुछ देर चुपचाप सब एक दूसरे को देखते रहे। कमरे की हवा से दम घुट रहा था। रंजना ने उठ कर खिड़की खोल दी। फिर वही संगीत और घुँघरुओं की आवाज विजय के कानो मे पड़ने लगी। पड़ोस के कमरे मे एक और महफिल ज़मी हुई थी। विजय ने महसूस किया कि शायद वह किसी गलत जगह पर ठहरे हुए थे। चिन्ता और बढ़ी। स्थिति को पूरी तरह समझने की गर्ज से फ़कीरा की ओर उत्सुकता की दृष्टि डालते हुए पूछा।

"यह शहर का कौन सा बाजार है ?"

"चावड़ी बाजार" फ़कीरा ने नीची गरदन किये उत्तर दिया।

"और ये बाजारू औरत का कमरा।" आवाज मे कुछ कड़कपन था। आश्चर्य से भरी नजर रंजना की ओर थी मानो सवाल उसी से ही था।

“ऐसा ही समझ लिजिये” रंजना की निगाहें शर्म से नीची थी। मानो अपना दोष मजबूरन मान रही थी। विजय की परिस्थिती बड़ी अजीब थी। हर चीज को पूरी तरह समझना ज़रूरी था। पूछ बैठे -

“और मै यहां कैसे” रंजना ने धीरे-धीरे कहना शुरू किया।

“कल रात आपको गुंडो ने चाकू मार कर नीचे गली मे डाल दिया था। फिर हम लोग आपको उपर ले आये। तबसे आप यहीं है” रंजना के इन शब्दो मे अहसान की बू न थी, थी तो कर्तव्य और सेवा की एक हल्की सी झलक धीरे-धीरे सारे चित्र विजय की आँखो मे एक एक करके नाचने लगे। वही दुकानो का बन्द होना, गली का नुक्कड़ और यह सब सोचते सोचते कानो मे एकाएक शब्द गूंजे” पकड़ो-मारो हिन्दू है” सारी परिस्थिती को समझने मे विजय को देर न लगी।

“खैर! बिना जाने आपने मेरे साथ जो भलाई की उसका मै जीवन भर अहसानमन्द रहूँगा मगर अब मुझे जाना होगा” परदेसी ने उठने का प्रयत्न किया, पर कमजोरी अधिक थी। ज़ख्मो के दर्द से पीडित विजय बाबू उठ न सके। तकिये के सहारे फिर लेट गये। आंखे रंजना की ओर थी। रंजना उन आँखो मे केवल इतना ही पढ़ सकी मानो वो कह रही हो कि उसके कारण रंजना को जो कष्ट उठाना पड़ा उसके लिये वह उसका कृतज्ञ है। परंतु उसका उस जगह पर और ठहरना किसी तरह भी मुनासिब नहीं था। रंजना विहवल हो उठी। उसे पहले भी न जाने कितनी बार जीवन मे धिक्कार और घृणा हुई थी। वह बोली। “ऐसी हालत मे आपका यहां से जाना ठीक नहीं है। वह बोली मुझ पर विश्वास रखिये। मैं समाज की नजर पतिता ज़रूर हूँ लेकिन सेवा और कर्तव्य का हक तो मुझसे कोई नहीं छीन सकता इतना कहते कहते रंजना की आँखे भर आयी। विजय का शरीर शिथिल पड़ रहा था। पलक झपकते ही उसे नींद आ गई। सिरहाने बैठी रंजना हल्के हल्के उसका सिर दबाने लगी।

मरीज की रात आराम से गुजरी। कई बार रात मे विजय बाबू की नींद भी टूटी। रंजना ने उन्हे पानी भी पिलाया। मरीज फिर सो गया। तारों का झिलमिल प्रकाश कम होता जा रहा था। पूर्वी गगन मे प्रकाश की लाली चमक उठी थी। रंजना उसी तरह बैठी पढ़ रही थी। विजय बाबू ने अंगडाई ली।

“यह क्या सारी रात जाग कर बिता दी “कई बार रात मे आँखे खुली पर सदा आपको पढ़ते ही पाया। क्या पढ़ रही है आप, ज़रा मै भी तो देखूँ”

रंजना ने किताब विजय बाबू को दे दी।

“ओह! सेवा का फल”, बड़ा मनोरंजक उपन्यास मालूम होता है। आप पढ़ी-लिखी

भी है। सेवा का भाव सराहने योग्य है। मधुर संगीत। आवरण मे इतनी सादगी। सब कुछ ऐसा होते हुए भी घोर आश्चर्य है कि आप इस जीवन मे कैसे। रातभर सोचता रहा पर किसी नतीजे पर न पहुँच सका।

"आपने मेरे बारे मे सोचा, यह मेरी खुशनसीबी" पर कर्म का लिखा कौन मिटा सकता है। बात कुछ आगे चलती कि डॉक्टर साहब कमरे मे आ गये। रंजना ने खड़े होकर कुर्सी सरका दी। डॉक्टर साहब बैठ गये। डॉक्टर के लिये मरीज के हाल की जगह, उसके परिचय की ज़रूरत अधिक नहीं पड़ती। बेधड़क बातचीत शुरू कर दी।

"कहिये मिस्टर – कैसी तबियत है ...."

"ठीक है, लेकिन ...." फ़कीरा गर्म पानी ले आया था। डॉक्टर ने कुर्सी छोडकर पट्टी खोलना शुरू कर दी। रंजना बाहर चली गई। शायद विजय बाबू के घाव देखने की ताकत उसके दिल मे नहीं थी। डॉक्टर साहब पट्टी बाँध चुके थे। मरीज को दवा पिला कर फिर कुर्सी पर बैठ गये। रंजना चाय ले आयी। मेज पर ट्रे रखकर चाय बनाने लगी। डॉक्टर मरीज से उसका परिचय पूछ रहे थे। विजय बाबू ने उत्तर दिया ....

"मेरा नाम विजय कुमार है। ऑनरेबल सर बिजेन्द्र कुमार का लड़का हूँ। लखनऊ यूनिवर्सिटी का साइंस ग्रेजुएट हूँ और यहां आई.ए.एस. का इम्तहान देने आया था। लेकिन किस्मत से अब यहां ....

"और डॉक्टर साहब! आपका परिचय .... ?"

"मेरा नाम रायसाहब डॉक्टर कमलकांत बाजपेयी है। मैने भी लखनऊ मेडिकल कालेज से ही एम. बी. बी. एस किया था। इन बातो को उन्नीस साल हो गये। अब यहीं देहली मे ही प्रेक्टिस करता हूँ। यू.पी. मे मेरे जीवन के काफी साल गुजरे है। आपके पिता का नाम मैने भी सुना है। एक ज़माना बीत गया इन बातो को उस वक्त आपके पिता हाईकोर्ट मे जज थे ....शायद वही ना।

"जी हाँ! वही, फिर वह चीफ जज से रिटायर हुए थे। तीन साल पहले उनका देहावसान हो गया।" विजय को मानो कुछ याद करके दुख हुआ।

"बहुत अफसोस हुआ सुनकर" रंजना चाय बना चुकी थी। एक प्याला डॉक्टर की ओर और दूसरा विजय की ओर बढ़ाया। चाय लेने के लिये विजय का हाथ उठा पर अचानक रुक गया। डॉक्टर भेद को समझते हुए बोले –

"क्यो विजय बाबू रुक क्यूँ गये। चाय पीजिये" विजय चिन्ता मे पड़े थे।

"लेकिन यहां चाय ...."

"ओह! समझा मिस्टर विजय। मै भी बाजपेयी हूँ। ऐसी - वैसी जगह का पानी भी नहीं पीता। यहां मुझे भरोसा है, इसलिये निःसंकोच पी रहा हूँ। मै रंजना के जीवन से बखूबी वाकिफ हूँ, केवल इतना ही समझ लीजिये कि आसमान के अनगिनत तारों मे ध्रुव तारा अलग ही चमकता है, पर कौन उसे देखकर पहचान सकता है। यह तो अपनी नजर का फेर है। मै अवश्य यहां से अपने घर ले चलता, यदि आपकी हर सुविधा का मुझे यकीन न होता। दो - चार दिनों की बात है। आप बे खटके यहां ठहरिये अच्छे होते ही चले जायियेगा। विजय बाबू ने रंजना के हाथ से चाय का प्याला ले लिया। सब लोग चाय पीने लगे। डॉक्टर साहब ने प्याला खाली करके मेज पर वापस रख दिया। रंजना ने कहां भी ....

"एक प्याला और"

"नहीं भाई बस! शुक्रिया। देखिये विजय बाबू कब, कहां और कैसे अचानक मुला. कात हो गयी "विजय मुस्करा उठे।

"जी हाँ! हमारी और आपकी मुलाकात एक मरीज के तौर पर होना ज़रूरी था "और दोनो हंस पड़े। डॉक्टर साहब उठ कर चल दिये। फ़कीरा ने बैग हाथो मे ले लिया। चलते चलते रंजना ने पूछा "इनको खाने को ...."

"जो मरजी आये दो, हाँ एक दो दिन ज्यादा गरम मत देना"

"अच्छा नमस्ते" डॉक्टर साहब चले गये। आज उन्होने फीस भी नहीं ली।

तीसरा अध्याय

नित प्रातः काल होता, विजय को रंजना के घर आये कई दिवस व्यतीत हो गये थे। नित दिन ढ़लता, रात्रि आती, और बीत जाती। प्रतिदिन वह रंजना के विषय मे ज़ितना विचार करता उतना ही उलझ जाता। उसका जीवन विजय के लिये एक समस्या था। कितना पतित था उसका जीवन पर विचारो मे कितनी पवित्रता थी। उसे लगता कि मानो बसंत ऋतु की कोमल कली को ग्रीष्म काल की तीक्ष्णता ने झुलसा कर रख दिया हो। रंजना की सेवा ने ही उसके विषय मे सोचने को मजबूर कर दिया था। चिन्ता से भवनायें उत्पन्न हुई और भावनाओं ने उत्सुकता का रूप ग्रहण कर लिया। वास्तिवकता तक पहुंचना आवश्यक हो गया।

रात्रि का प्रथम पहर बीत रहा था। पर विजय के नयनो मे निन्द्रा नहीं थी। वह घोर चिन्ता मे लीन था। विचारों के सागर मे गोते खा ही रहा था कि तभी रंजना ने प्रवेश किया।

दूध का प्याला हाथ मे देते हुए उसने धीरे से पूछा।

“क्या सोच रहे है : बाबू जी”

“नहीं कुछ विशेष नहीं। सोच रहा था। जब कुछ दिन और यहीं ठहरना है तो होटल से अपना सामान मंगा लूँ। मेरा पर्स न जाने कहां गिर गया। उसमे होटल का रिज़र्वेशन कार्ड भी था।

रंजना के मुख पर उल्लास छा गया। विजय कुछ दिन और ठहरेंगे। निश्चय ही उसके विचार से रंजना को प्रसनन्ता मिली थी। वह सिहर उठी।

“होटल से सामान तो मै कल ही ले आयी थी और आपका पर्स मेरे पास सुरक्षित है। आवश्यकता हो तो लाऊँ। विजय को आश्चर्य तो ज़रूर हुआ। पर कितना भोलापन था, इन शब्दों मे।”

“बोला नहीं! पर्स तो नहीं चाहिये। लेकिन मेरी समझ मे ये नहीं आया कि मैनेज़र ने बिना जाने पहचाने आपको मेरा सामान कैसे दे दिया, क्या कहा था आपने”?

“कुछ भी नहीं, बेचारा मैनेजर भला आदमी था। मैने तो केवल इतना ही कहा- मै उनके दूर के रिश्ते की बहन लगती हूँ और फिर आपका पर्स और चाभी भी तो थी। शक की कोई गुंजाईश भी नहीं थी।

पर विजय बाबू “बहन” शब्द सुनते ही ऐसा लगा वह बीमार ही न थे। उन्हे रंजना की पवित्रता ने विश्वास करने का एक मौका और दिया। यकीन फिर भी नहीं आया। वह कुछ पूछना ही चाहते थे। पर रंजना कमरे मे थी कहां। परदेसी फिर असमंजस मे पड़ गया।

“बाबू जी, आप रह रह कर क्या सोचने लगते हो” रंजना के हाथ मे दवाई की शीशी थी।

“तुम्हारे विषय मे” अचानक विजय आप से तुम पर उतर आये। मै सोच रहा था कि तुम्हारा जीवन कितना रहस्यमय है? पर कितना महान अन्तर है, तुम्हारे कर्म और विचारों मे। अवश्य ही किसी भयंकर परिस्थिती के अंतर्गत तुम्हारे जीवन मे हलचल आई होगी। क्या मुझे अपना भाई समझ कर अपनी कहानी बताओगी। कि तुम कौन हो? कहां की हो? और इस नरक भरे जीवन मे कैसे आ गयी। कहकर विजय ने अपनी गम्भीर निगाहें रंजना के चेहरे पर टिका दी। बड़ा कठिन प्रश्न था। रंजना को अपने पैरो मे हल्का कम्पन महसूस हुआ। खड़े रहने की ताब उसमे न थी। द्वार का सहारा लेकर बैठ गई। अश्रु की धारा गालों पर बह निकली। संभवतः किसी घोर दुख के कारण उसका कलेजा पानी बनकर आँखो के रास्ते बह निकला। अपने को समझाती हुई बोली “भैया आप क्या करेंगे इन बातों को जानकर” इन शब्दों मे व्यंग्य नहीं था केवल निःसहायता थी। पर विजय का अनुरोध अटल था। रंजना उत्तर रहित हो गयी। धोती के किनारे से आंसू पोंछ डाले और धीरे धीरे कहना शुरू किया

“मेरा बाल्यावस्था का नाम चित्रा था। देहरादून के एक कुलीन घराने मे मेरा जन्म हुआ था। मेरे पिता इन्जीनियर थे। बचपन मे ही मेरी मां इस संसार मे अकेला पिता जी

के सहारे छोड़कर स्वर्ग सिधार गयी थी। इकलौती बेटी होने के कारण पिता ने बड़े लाड़ प्यार से मेरा पालन- पोषण किया। दिन पर दिन बीतने लगे। मैने पढ़ना शुरू किया और संगीत भी सीखा। ऋतु पर ऋतु आई और चली गई। समय की अंगडाई मे मै जवान हुई। उस वक्त इन्टर की परीक्षा मैने दी थी। आगरे के एक ऊँचे धराने मे मेरा विवाह तय हो गया। मेरे पति फौज मे डॉक्टर थे। मेरे घर बारात आयी। मेरे हाथो मे मेहदी लगी। मेरा सुहाग भरा गया। महावर से लाल मेरे पाँव मे बिछुवे पहनाये गये। और फिर बिदाई की घड़ी आ गई। बाबुल के सभी सगे संबंधी छूट रहे थे। मै बिलख - बिलख कर रो रही थी। दुलहिन बना कर मेरे पिता ने मुझे विदा किया। सब रो रहे थे। पिता जी अत्यंत दुखी थे। बार बार दुख को सीने मे दबाने की चेष्टा करते परंतु आँखो मे आसुओं का सागर ऊमड रहा था। उन्होने मुझे कलेजे से लगा लिया।

उनकी आवाज भराई हुई थी अपने को संभालते हुए बोले ....“बेटी ! यदि तेरी मां जीवित होती आज, तो न जाने क्या क्या समझा कर भेजती। मेरी तो बस इतनी बात याद रखना कि पति का घर ही अब तुम्हारा घर है और उन्ही की सेवा मे तुम्हारे जीवन का कल्याण है। अब तू नये घर जा रही है। नये लोगों मे हिलमिल कर रहना। आज इस घर से तू पाँव निकाल रही है पर घर उसी दिन छौड़ना ज़िस दिन कुंनबे के चार आदमी तुझे अपने कंधो पर उठाकर निकालें। बारात विदा हो गयी। लोगो की रोने की आवाज कुछ देर कानो मे गुंजती रही। मै ससुराल आ गई। सौतेली सास ने बड़े स्नेह से मुझे पालकी से उतारा। मेरी बलायें ली। अतिथियों ने मेरी मुँह दिखाई की। मेरी सास हर आने जाने वाले से कहती “मेरी बहू तो चांद का टुकड़ा है” और इस तरह स्नेह और सुख के वो दिन स्वप्न्न की भांति बीत गये। जीवन मे बहार आयी थी और पतझड़ छोडकर चली गई। दिनो ने अंगडाई ली और मेरी जीवन की कहानी मे घुंघले अमिट अंको का समावेश हुआ .... मेरी इकलौती ननद पांच साल से तपेदिक की मरीज थी। सारी चिकित्साये निष्फल हो चुकी थी। उसकी दशा निरंतर बिगड़ती जा रही थी। रोग इतना बढ़ चुका था कि रात और दिन का ही प्रश्न था। इसी दशा मे कई दिन बीत गये। एक रात उसकी दशा यकायक शोचनीय हो गयी। सब लोग पलंग के चारो ओर बैठे थे।

उसका बोल भी बन्द हो चुका था। पानी कंठ से नीचे क्या उतरता हाँ! गंगा जल की बूंदे चम्मच से टपका दी जाती। पर वो भी निकल कर गालों के दोनो तरफ बह जाती। वह निरंतर कराह रही थी। उसकी वेदना असहनीय थी। वह बार बार लोगों को देखने की चेष्टा करती। पर गरदन साथ नहीं देती। तीसरा पहर बीत रहा था कि उसके शरीर मे शिथिलता आ गई। उसे पलंग से उतारकर पृथ्वी पर लिटा दिया गया। लोग टकटकी लगाये उसके मुख को देख रहे थे। कुछ क्षण यों ही बीते अचानक मेरी सास

चीत्कार करती हुई उसके शव से लिपट गई। घर मे कोहराम मच गया। मेरी ननद हमेशा के लिये सो गई। सारा दृश्य हृदय विदारक था। मै द्वार का सहारा लेकर सब कुछ देख रही थी। कोलाहल मे न जाने कितनी बातें हो रही थी। मै तो केवल इतना ही सुन सकी तिवारिन चाची मेरी सास से कह रही थी "बहू के पाँव अच्छे नहीं है। महीने भर मे ही ननद को खा गयी, ज़रा संभल कर रहना"।

उसी दिन से मुझ पर जुल्म ढ़ाये जाने लगे। मेरा मान घट गया था। सास को तो मेरी सूरत से ही घृणा हो गयी थी। कुछ दिवस पश्चात् पिता ने घर बुला लिया। कुछ दिन सुख शांति से बीते मेरे दुर्भाग्य ने फिर अंगडाई ली। मै पुनः ससुराल आ गई। सास सारा दिन मुझ पर झल्लाया करती तानो से मेरी आवभगत होती। घर का सारा काम काज करने के बावजूद रोटी के टुकड़ों के लिये सास का मुँह देखना पड़ता। मेरी इस दशा को देखकर पति भी मनमलिन रहते। कई बार लड़कर अलग रहने का फैसला किया। पर मै ही पैरो पर गिर कर उनको रोक लेती। मेरा अनुरोध मान जाते मेरे पति देवता थे। उनकी सुखद गोद मे में अपने सारे दुख भूल जाती। उन्ही दिनो मेरे पिता जी अत्यंत बीमार हुए पर सास ने न भेजा। पिता का स्वर्गवास हो गया पर मै उनका मृत शरीर भी न देख पायी। दुख का एक एक पहाड मेरे उपर टूट चुका था। मेरे पति का फौज से बुलावा आ गया वो मुझे लेकर अहमदाबाद आ गये। जीवन के कुछ दिन मैने वहां सुख शांति से काटे। दुर्भाग्य ने यहां भी साथ नहीं छोड़ा पति को विदेश जाने का सौभाग्य मिला उनका जहाज अहमदाबाद से उडा मैने पुष्पो की माला पहनाई। अश्रु पूर्ण नेत्रों से विदा किया। वह विदेश चले गये। कुछ दिनो तक उनके पत्र आते रहे उनके पत्रो से मुझे आश्वासन मिलता रहा धीरे धीरे पत्र आने कम हो गये नाना प्रकार की संभावनाये मन में उठती पर मुझे उनपर अटूट विश्वास था, कभी न कभी दुख के दिन कट जायेंगे। मै नित द्वार पर खडी होकर डाकिये की बाट जोहती, वह आता और मेरे द्वार की ओर देखे बिना आगे बढ़ जाता। जब भी डाकिया आगे बढ़ जाता मै निराश हो जाती। अन्ततः एक दिन डाकिया मेरे घर भी रुका। पत्रों के बंडल मे से निकालकर एक लिफाफा मेरे घर में भी फेका। भारत सरकार की मुहर लगी चिट्ठी थी। मैने खोलकर पढ़ी उसके बाद क्या हुआ मुझे याद नहीं। जब चेतना आयी तो घर में कोहराम मचा था। एक स्त्री मुँह पर पानी के छीटें मार रही थी।

पड़ोसिन ने मेरे हाथो की चूडियॉ तोड़ दी। बिछुवे उतार लिये गये। मेरा सुहाग लुट गया था, मै विधवा हो गई थी। ससुराल मे मेरे दुखों की कोई सीमा नहीं थी। बहुत दिन नहीं बीते क्रिया कर्म खत्म होते ही मेरी सास ने कुलच्छनी कह कर घर से निकाल दिया। मै सास के पैरों में गिरकर बिलख पड़ी, "मां मै कहां जाऊँ पर मां ने धक्का देकर जोर से द्वार बन्द कर दिया "अन्ततः इतने बड़े संसार मे मै अकेली बिना सहारे के निकल

पड़ी। दर दर की ठोकरें खाते तीन मास बीत गये। जहाँ कहीं नौकरी के लिये जाती मेरा यौवन दुर्भाग्य बन जाता। जगह जगह ठोकरें खायी। गिरती पड़ती इस शहर में आ गयी। इसी शहर में सोना से मुलाकात हुई। उसका बेटी कहकर आश्वासन देना भला लगा। मैने भी इस आशा से की औरत ही औरत का दुख समझ सकती है। उस पापात्मा को अपनी आपबीती सुना डाली। उसके प्यार और आश्वासन को मै ममता समझ कर यहां चली आयी। पवित्र सहारे की आशा निष्फल सिद्ध हुई। मै इस दलदल में आ फँसी। उसने मुझे धोखा दिया। कहते कहते रंजना की आवाज भर्रा गयी। वातावरण बोझिल हो चुका था। निश्चय ही विजय को उसके जीवन से सहानुभूती हुई थी। और इसी कमरे में उसने भगवान की सौगंध खा कर रंजना को इस दलदल से निकालने का फैसला किया। पर अभी तो कहानी अधूरी थी। अभी भी रंजना के दिल पर बोझ था। उसने फिर धीरे धीरे कहना शुरू किया।

नित नये मनचले आते मेरा नृत्य देखते और धन की वर्षा कर चले जाते। प्रायः सभी मेरे रूप और यौवन को देखते तो उनके हृदय का पाप उनके नयनो में झलक उठता मै नाचती तो वे प्रसन्न हो उठते अटटाहास करते, परंतु उनकी हंसी में व्यंग्य होता। कभी कभी धन के घमंड में वह मानवता की सीमा का भी अतिक्रमण कर डालते। मेरा जीवन तो उनके लिये मनोरंजन का साधन था। किसी को क्या गर्ज थी कि मेरे अंतः करण में झांक कर देखे निःसहायता मुझे अपने बंधन में पूर्णतया जकडे हुए थी। मै बेबस थी। जीना दुर्लभ था, पर जी रही थी। दिन यों ही बीतते रहे। फ़कीरा ज़ेल से छूटकर तभी आया था। यहीं उससे मुलाकात हुई। उसकी निर्दोष आँखो से मुझे बल मिला। उसने मुझे सहायता देने की सौगंध खायी। मुझे आश्वासन मिला। उसकी सहायता से मैने एंपिरियल थियेटर मे नौकरी कर ली। पर दुर्भाग्य ने वहां भी साथ नहीं छोड़ा। नौकरी छोडमै पुनः यहां आ गयी। समय में कितना घोर परिवर्तन हुआ लेकिन पृथ्वी स्थिर रही यदि स्थिर न रहा तो मेरा जीवन .... मै क्या थी .... क्या बन गई ....और जाने क्या होना .... अभी शेष है।

समय की गति भी कितनी निराली है। एक दिन वह था कि मै एक कुलीन घराने की बेटी थी। फिर ऊँचे पदस्थ व्यक्ति से मेरा विवाह हुआ लेकिन अब मै एक नर्तकी हूँ। लोगो की निगाहों में पतिता हूँ।

निशा की निःस्तब्धता बढ़ रही थी। एक निर्दोष ने अपने दुर्भाग्य की कहानी शुरू से अंत तक सुना दी। भावनाओं ने प्रेम का बीज हृदय में अंकुरित होने के लिये छोडदिया। दोनो विहवल हो उठे। नयनो ने नयनो को देखा दोनो अधीर हो उठे। और दो अपरिचित परिचित हो गये। पर दोनो की स्थिती में कितना अन्तर था। एक जीवन के पथ पर लुटा

हुआ। जिसके नयनो में संचित अश्रु की धार ही शेष सम्पत्ती थी और दूसरा जीवन के सभी सुखो से परिपूर्ण। एक आदर्श, प्रगतिशील होनहार नवयुवक।

विजय ने महसूस किया कि सेवा के पथ पर चलने वालों का धर्म केवल इंसानियत है। उसके हृदय में कर्तव्य का विकास हुआ। सहानुभूती से सीने में हिलोरें उठी। भातृप्रेम जागृत हो गया .... खैर! बहना अपना दिल मत दुखाओ। तुम पवित्र और निर्दोष हो। मै तुम्हारा भाई बनकर हमेशा तुमहारी मदद करने को तत्पर रहूँगा। ऐसा मालूम होता है कि किस्मत ने आपके उद्धार के लिये ही भेजा है। उसने प्रण किया कि वह रंजना को जीवन के उत्कृष्ट शिखर पर ले जाने का प्रयत्न करेगा। महान त्याग का कितना अनुपम उदाहरण था। मानवता ने दोनो को पवित्र बन्धन में बांध दिया। परदेसी को अनजानी राहों में अपनी बहिन मिल गयी और रंजना को सूनी ड़गर पर एक बलिष्ठ भाई। हृदय ने हृदय को पहचाना। आवेग में वह पुकार उठी। भईया........... कितना पवित्र प्रेम था इन शब्दों में। दोनो निःशंक थे। विश्वास ने शंका का गला घोंट दिया। भाई ने बहिन के आंसू पोंछ डाले। नयनो में आशा और उल्लास छलक उठा। दोनो ने खिडकी से बाहर झांका। नीले आकाश की ओर देखा। चन्द्र की चांदनी में शीतलता थी। प्रातः काल निकट था।

प्राकृतिक सौंदर्य का वह दृश्य अलोंकिक था। पूर्वी गगन में धुंधली लालिमा के अंतर्गत तारे निरंतर झिलमिला रहे थे। अंधकार क्षीण हो रहा था क्योकी प्रभात निकट था। दुख के पश्चात सुख और तिमिर के पश्चात् प्रकाश होना प्रकृति का स्वभाविक नियम है। ग्रीष्म काल के मुरझाये फूलों को बसंत की सुखद गोद में नवजीवन प्रदान हुआ। रंजना के जीवन में भी परिवर्तन आवश्यक था। पाँव भविष्य की ओर उठने को अग्रसर हुए। वह प्रसन्न थी। फ़कीरा भी प्रसन्न था। निश्चय ही उसके बूढ़े कंधे से ज़िम्मेदारी का बोझ उतर रहा था। उसे स्वतन्त्र वातावरण में सुख की साँस लेने का अवसर मिला था। बीते हुए पापमय दिवसों की याद धुधंली पड़ती जा रही थी। फ़कीरा पूर्व की भांति गंभीर था। गत जीवन के कुकर्मों का प्रत्येक धृणीत चित्र उसके नयनो के सम्मुख नाच उठा ...... दुर्बल शरीर के साथ मन में भी गंभीरता आ गयी थी। बीबी जी से उसे सच्ची सहानुभूती थी। आज वह पूर्ण रुपेण संतुष्ट था। उसके शिथिल कांधो पर से बीबी जी का बोझ उतर गया था। वह स्वाधीन हो गया। स्वतंत्र वातावरण में स्वेच्छिक साँस लेने का उसे अवसर मिला। उससे अधिक प्रसन्न कौन हो सकता था भला।

प्रातः काल नित की भांति डॉक्टर साहब आये। विजय के घाव पर पट्टी बांध कर चले गये। हालांकि यह उनकी अंतिम भेंट थी परंतु उस अल्प काल में संपर्क में धनिष्टता काफी बढ़ गयी थी। उन्हे भी रंजना के जाने का समाचार मिला। वे शांत थे। परंतु उनके

नयनो का उल्लास उनकी आंतरिक प्रसन्नता का साक्षी था। दिन ढ़लने लगा तीसरे पहर साजिन्दे और उस्ताद आये पर उन्हे खाली हाथ लौटना पड़ा। वह चले गये सर्वदा के लिये चले गये परंतु उनका उन पर प्रभाव भी क्या ? उनकी दशा तो उस लकडहारे जैसी है जो एक शाखा को काटकर भूमि पर गिरा देने के पश्चात किसी अन्य शाखा पर कुल्हाड़े का प्रयोग कर देता है। किसी को कोई भी दुख नहीं हुआ। हाँ! यदि दुख हुआ तो केवल सोना को मोहम्मदे को। उन्हे उडती हुई खबर मिली कि बीबी जी परदेसी के साथ कुछ दिनो के लिये जा रही है कहां? ये न पता चला। वे तो इस चिन्ता में थे कि पता नहीं कितने दिन जीविका का साधन छिना रहेगा। भौचक्केपन से एक दूसरे की ओर देखते। परंतु नयन मिलते ही दोनो की दृष्टि नीची हो जाती। दोनो गुमसुम थे यदि फ़कीरा के कोप का भय न होता तो संभवतः कोई नीचता कर ही बैठते। उनकी आकाक्षायें बिखर कर धूल में मिल गयी।

दुष्कामनाओं का भव्य महल अनायास परिस्थिती से टकराकर चूर-चूर हो गया और वो उसके खण्डहर तक न बटोर सके। जाने वाले को रोकने की सामर्थ्य किसमे है। हाँ! इतना ज़रूर तय था कि रंजना समाज के धक्के खाकर पुनः इस चोखट पर लौट आयेगी। संध्या के पूर्व ही यात्रा की तैय्यारी हो गई फ़कीरा दोनो को स्टेशन छौड़ने गया। विछोह के क्षण प्रायः सबके लिये दुखप्रद होते है। मनमलीन होने के बावजूद फ़कीरा के दिल में एक ही इच्छा थी कि वह रंजना को सुखी एवं सम्मानित देखना चाहता था। रेलगाडी यात्रियों को लेकर चल दी। निशा का साम्राज्य फैलता जा रहा था। गगन में तारागणों ने निखर कर उसे यौवन प्रदान किया। दोनो के बीच कुछ क्षण शांति रही तत्पश्चात विजय ने ही बात छेडी। रंजना! बहिंन तुम मेरे साथ चलने में प्रसन्न तो हो ना देखो मेरा परिवार बहुत छोटा है। एक छोटा भाई सुरेन्द्र और मां और छोटा सा घर। सुरेन्द्र मेरा भाई बहुत नटखट है तुम्हे वहां किसी प्रकार का कष्ट न होगा। और एक बात ....

"कौन सी!" रंजना घबरा गयी। फिर विजय धीरे धीरे रंजना को गम्भीरता से समझाने लगे।

एक बात विशेष रूप से हृदय पर अंकित कर लो। तुम्हारे जीवन का ये रहस्य सर्वदा मेरे सीने में दफन रहेगा। किसी को भी ज्ञात नहीं होगा कि तुम कौन हो, कहां से आयी हो? और तुम भी किसी से ज़िक्र मत करना। मां से भी नहीं। जीवन के इस धुंधले पट को सर्वदा के लिये उलट दो गत को भुला देना और वर्तमान में रम जाना ही जीवन है और इसलिये तुम भी पिछली बातों को भुला देना। रंजना! जीवन का अनुभव बड़ा

तीक्ष्ण है। संसार किसी को भी सुखी नहीं देख सकता। हंसते हुए के साथ सब हंसते है

पर रोते के साथ कोई नहीं देता। यहीं संसार की रीति है। संक्षेप में इतना ही समझ लो कि आज से तुम्हारा नवजीवन प्रारम्भ हो रहा है। इस दुर्लभ मार्ग में बहुत संभल कर पाँव रखना। तुम्हे किसी प्रकार का दुख नहीं होगा। मेरे घर को अपना घर समझना। इसके अतिरिक्त कहा भी क्या जा सकता है? रंजना ने सभी बातें ध्यान से सुनी। रेलगाड़ी पूरे वेग से चली जा रही थी। एक के बाद एक स्टेशन आता और निकल जाता।

विजय बाबू निन्द्रा की गोद में विश्राम करने लगे। इसी दशा में रात्रि व्यतीत हो गई। सूर्य की किरणों में तिमिर लोप होने लगा। प्रातः काल का वह दृश्य कितना मनहर था। गाडी के दोनो ओर हरेभरे खेतों में जौं अथवा सरसों की बालियां मंद पवन से अठखेलियां कर रही थी। सरोवर के निकट बगुलो का झुंड का झुंड आकर बैठते और उड जाते। प्रकृति के सम्मुख यह उसकी नित की क्रीडा थी। परंतु रंजना ने उसमें नवीनता का अनुभव किया। गाड़ी लखनऊ स्टेशन पर जा रुकी। नवीन देश, नवीन वातावरण, नई भूमि, नये प्रकार के लोग सब कुछ उसके लिये नवीन था। कुली ने सामान उतारा। स्टेशन के बाहर रंजना ने नये शहर में कदम रखा। कुछ समय में दोनो घर पहुँच गये। सामान उतारा गया। मां द्वार पर ही खडी थी। विजय ने मां के चरण छूए। पीछे से रंजना ने भी आकर मां के चरणो में प्रणाम किया"जीती रहो बेटी! कानो में शब्द अमृत की तरह लगे तभी एक और नवयुवक भी बाहर आकर विजय से लिपट गया निश्चय ही वो सुरेन्द्र था। मां अभी भी असमंजस में खडी थी न रहा गया प्यार से पूछ बैठी।

"अरे बीजू कुछ बता तो सही, यह कौन है"

"एक लड़की है मां" उत्तर में भोलापन था। पर मां संतुष्ट न हो सकी।

"वो तो मै समझी पर किसकी ? कहां की!"

मां एक दुखियारी है बिचारी अपनी जाति की है सारी बातें बाद में बाताऊंगा, इस समय इतना ही समझ लो कि अब तक तो तुम बेटों वाली थी पर आज से बेटी वाली भी हो गयी।

मां ने रंजना की ओर दृष्टी फेरी। उसका मुखमंडल उसके कुलीन होने का साक्षी था। वह उसकी और एकटक देखती रही। ओर सोलह वर्ष पूर्व की घटना स्मरण हो आयी जब उसकी अपनी चार साल की बच्ची मृत्यु की गोद में सो गई थी यदि वह जीवित होती तो अवश्य रंजना की आयु के लगभग होती। उसने रंजना के रूप में अपनी बेटी का प्रतिविंब देखा स्नेह जागृत हो उठा। नयनो में ममता का श्रोत जाग उठा। उसने रंजना को हृदय से लगा लिया।

चौथा अध्याय

शानदार कोठी, खुबसूरत बाग, अच्छे लोग। नये घर में रंजना का मन लग गया। दिनभर घर के सभी काम काज में लगी रहती। कभी कभी प्यार में मां कह उठती कि यह नौकर चाकर किस लिये है जो बेटी तू काम करती है। मुस्करा कर रंजना जवाब देती..........

"अपना काम तो आप ही करने से ठीक होता है" मां को प्रतीत होता कि पेट की औलाद न होने पर भी उनके हाथ का बासन है। दिन आराम से कटने लगे। कभी कभी खाली समय में बीते हुए दिनों की याद करके रंजना अधीर हो उठती। आँखो में आंसू झलक आते पर जल्द ही विचार के झोंके से उसे शांति मिल जाती थी। इतनी जल्दी सबसे हिलमिल गयी कि सगे और परिचित में भेद ही न रहा। मान, स्नेह सुख, शांति यहां रंजना को सब कुछ मिला। उसका जीवन बदलने लगा। कई ऊँचे घरानो से उसकी जान पहचान भी हो गयी। कई दिन के बाद विजय बाबू के आने की खबर कैलाश बाबू को मिली। मिलने को उत्सुक हो उठे। दोनो के घराने में पुरानी दोस्ती थी। कैलाश के पिता बाबू रमाशंकर लखनऊ के बड़े रोजगारी आदमी थे। शहर में कई बड़े कारखाने और मिलों के अतिरिक्त हिन्दुस्तान के प्रायः हर बड़े शहर में कारोबार फैला हुआ था। लखनऊ कारोबार का केन्द्र था। बड़े घर के मनचले नवयुवक कैलाश बाबू का विवाह हो चुका था। थोड़ा बहुत शराब का भी शौक था। जाति के तो कुलीन थे, पर चोरी छिपे

इधर उधर मांस भी चख लेते थे। सारा देश फिर चुके थे। घाट-घाट का पानी पिया था। गाने बजाने के काफी शौकीन होने पर भी राग रागीनियों से वाकिफ न थे।

सायं काल का समय अधिकतर सिनेमा, क्लब और डांसरुम में बीतता था। कई एक लड़कियों के साथ बदनाम भी हो चुके थे। तीसरे पहर रात घर पहुंचते तो कभी सुबह नौ बजे से पहले नहीं उठते। ऐसी हालत में उनका चरित्र ठीक हो भला कौन माने। पाँच साल बराबर बी.ए. में फेल हुए अंत में पढ़ना छोड़कर पिता का कारोबार देखने लगे। क्या लम्बी चौड़ी मोटर कार थी। साथ रहने वाले लोग कभी कभी इनकी बेतुकी बातें सुनते सुनते थक जाते तो यह अनुमान सहज़ ही लगा लेते कि दिमाग का कोई स्क्रू ढ़ीला है। खिलाने पिलाने का शौक था तो सैर तफरीह का अच्छा साधन थे। किसी को गर्ज क्या थी जो बुराई करते। हाँ! जब उल्लू सीधा करना होता तो तारीफों के पुल बांध देते कैलाश की छाती गर्व से फूल उठती। मतिहीन मान और अपमान को भी नहीं समझ पाता। फ्लश् और सीप में यों तो किस्मत से रोज ही हार होती पर यदि दुर्भाग्य से जीत जाते तो यार दोस्त वहीं के वहीं चाय पानी में चट कर जाते कितने मक्कार थे वो साथी मुँह पर तो सब बड़ाई करते दोस्ती का दम भरते लेकिन पीठ पीछे सब के सब एक स्वर में कह उठते "क्या उल्लू फंसा रखा है" सुनने वालों में कभी कभी कोई दूरदर्शी गंभीरता से बोल उठता -"देखना है! कितने दिन चलती है ये कागज की नाव" सावधान! कहीं मझधार में ही न डूबो दे। बात आयी गयी हो जाती। कैलाश के पिता का विजय बाबू पर बड़ा स्नेह था। हंसमुख होने के कारण उन्हे कोई घमंडी नहीं कहता था। हाँ! ये बात ज़रूर सच थी कि विजय बाबू अत्यंत शांत और गंभीर पुरूष थे। क्लब के मेंबर होने पर भी क्लब में कोई खास दिलचस्पी नहीं थी। अधिकतर समय पढ़ने लिखने में ही गुजरता था। समाज में काफी मान था। कैलाश के पिता भी कारोबार के टेंढ़े मसले पर विजय की ही राय पर अमल करना मुनासिब समझते थे। कैलाश भी विजय को भाई सदृश मानता था। उमर में भी बराबर ही था और सच तो ये है कि यदि वह घबराता था तो केवल विजय से ही। विजय के सामने दाल नहीं गलती थी। सुबह के दस बजने वाले थे। विजय और सुरेन्द्र दोनो भाई नहा धोकर खाने जा रहे थे कि कैलाश आ पहुँचा। परदे की कोई बात ही नहीं थी। इससे पहले भी कैलाश बाबू बेधडक अन्दर आ जाते थे। उनकी लगातार आवाज, मस्तानी चाल और चुलबुलेपन से कोठी के सभी लोग समझ जाते थे कि कैलाश बाबू आ गये है। इधर की चीज उधर उठा कर रख देना उनकी आदत में शमिल था। सारे घर में चक्कर मारकर मां से थोड़ी गपशप कर के तब कहीं शांति से बैठकर मतलब की बात करते। कभी कभी मां प्यार से कह उठती "कैलाश बचपना कब छोड़ेगा" हल्के हल्के गरदन खुजाते हुए जवाब देते "मां! तुमहारे सामने तो बच्चा ही रहूँगा न "मां को भी इन शब्दों में आनन्द मिल जाता। खाने की थालियां परोसी जा चुकी थी"

मां ने आवाज लगाई "कैलाश आया है, एक थाली और लगा दो बेटा"

"और बेटा कैसे हो! घर में सब ठीक तो है ना" मां ने पूछा।

"हाँ मां,"

"विजू दिल्ली गया तो तूने भी खबर न ली मां की" "मां टाईम ही नहीं मिला।" इससे अच्छा उत्तर क्या हो सकता था।

"हाँ हाँ तेरे ही तो घर परिवार है। ज़िसके बनाव श्रृँगार से तुझे फुरसत ही नहीं मिलती। सीधी तरह क्यूँ नहीं कहता कि हम लोग तुझे याद नहीं आते" हाँ मां जैसा तुम कहो। सिगरेट आधी से ज्यादा जल गयी थी फेकने जा ही रहे थे। कि एक अंजान युवती पर नजर पड़ी। ठीक उसी तरह किसी फूल को देखकर भंवरा मंडरा उठता है कैलाश बाबू पूछ बैठे। "मां ये कौन है"

"मेरी भतीजी रंजना। यहां पढ़ने आयी है"

"अरे! बेटी ये भी तेरा भाई है" इनसे कैसा पर्दा।

"रंजना ने कैलाश बाबू को नमस्ते की। कैलाश आगे कुछ बोलने ही जा रहे थे कि तभी सुरेन्द्र और विजय चौके में आ गये। कैलाश अभी भी उसी तरह खड़े थे।

"ये क्या कैलाश अभी तक कपड़े नहीं बदले। बहुत बेकार की बातें करते हो।

"ओह! भैया आई एम सारी।"

"चलो हो गया धोती बदलो" रंजना ने तार पर से उतार कर साफ धोती कैलाश बाबू को दे दी। मां ने थालियां उठा कर चौके से बाहर रख दी। तीनो बैठ कर खाने लगे।

"कहो कैलाश खाना कैसा बना है"?

"क्या कहने मां, सब चीजे अच्छी बनी है और ये आलू की सब्जी के तो क्या कहने ?" इससे मां को मानो गर्व हुआ।

"आज रसोई रंजना ने बनाई है"

"रंजना ने" कैलाश ने बड़ी उत्सुकता से पूछा।

"क्यो क्या हुआ, कुछ इनाम दे रहे हो। विजय की बात पर सब खिलखिला कर हंस दिये।

रंजना केवल मुस्करा कर रह गयी।

खा पीकर सब ड्राइंग रुम में बैठे। इतवार का दिन था, किसी को कोई खास काम नहीं था। मां और रंजना भी थोड़ी देर में खा पीकर वहीं आ गये। भला कैलाश बाबू इतनी देर तक खामोश कैसे। बात चल ही रही थी कि मां ने बीच में कहा।

“अरे! कैलाश अपनी बहू को तो किसी दिन ले आ। बहुत दिन हो गये उसे देखे हुए। यहीं सोच रहा था कि मैं ले आऊँ पर कैसे। ?”

मां को कुछ शंका हुई।

“नहीं नहीं मां, शंका की कोई बात नहीं। दुबली पतली होती तो कंधे पर उठा लाता पर आजकल पूरी ड़बल है।” और रह गया मिलना जुलना तो आज देवीप्रसाद के यहां तो मिल ही लोगी। मां को मानो कोई भूली बात याद आ गयी।

“अरे! हाँ आज तो देवीप्रसाद के यहां पार्टी है। मै तो बिल्कुल ही भूल गयी थी। सुना है कि नाच गाने का भी अच्छा इंतजाम है। पर क्या कोई मेरी रंजना का मुकाबला कर पायेगा। “गाने का नाम सुनते ही कैलाश बाबू खुशी से उछल पड़े। संगीत सुने बिना वहां से टलना नामुमकिन था। केवल गाना सुनने के लिये ही तो दूर दूर तक म्यूजिक कान्फरेंस में जाते और उस पर रंजना का संगीत सुनने का सुअवसर हाथ से खो देते ये और भी नामुमकिन था।

“हाँ तो हम गाना तो ज़रूर सुनेगे”

“हाँ हाँ ज़रूर सुनो गा दे बेटी रंजना ये कोई गैर थोड़े ही है।” रंजना की आँखे लज्जा से नीची थी। उठती नजर विजय भय्या की तरफ पड़ी। शायद एक अपरिचित पुरूष के सामने गाने की आज्ञा की आवश्यकता हो। विजय असमंजस को ताड़ गये। पर अनुरोध तो मां का था।

“गाने दो रंजना! कैलाश भी सुन ले यह भी तो कलाकार हैं” कैलाश बाबू अपनी तारीफ सुनते ही अभी मान से भर गये। सिगरेटकेस से सिगरेट निकालकर सुलगा ली। प्यानो पर रंजना की ऊंगलियां नाचने लगी। कितना मधुर गा रही थी। अमीर खुसरो रचित ये गीत। “काहे को दिनी बीदेस सून बाबुल मोरे”। ब्रजभाषा का यह सरस गीत था। बोल भी अति मनभावन थे। सभी एकाग्रचीत होकर सुन रहे थे।

अपने जीवन में पहली बार कैलाश बाबू किसी मंजे हुए कलाकार का गीत सुन रहे थे। गाना शुरू होने का तो ध्यान उन्हे अवश्य रहा, पर खत्म कब हुआ उन्हे पता ही ना चला। मुमकिन था। कैलाश बाबू की तो तन्द्रा भंग ही ना होती, अगर जलती सिगरेट सुलगते हुए उंगलियों तक ना पहुँच जाती। दोपहर हो रही थी। कैलाश बाबू चलने को उद्‌यत हो गये।

"अच्छा मां! अब चलूँगा! शाम को तो देवी चाचा के यहां मुलाकात तो होगी ही। जाते जाते रंजना की ओर कटाक्ष डालते हुए ये कहना ना भूले। "बड़ा अच्छा गाती है आप" अच्छा नमस्ते।

रायबहादुर देवी प्रसाद मुखर्जी शहर के प्रतिष्ठित व्यक्तियों में से एक थे। थे तो बंगाली, पर लखनऊ में काफी अरसे से रह रहे थे। बहुतों से जान पहचान हो गई थी। विजय के पिता और देवी प्रसाद में मित्रता थी। दोनो ने काफी अरसे तक साथ साथ काम किया। बड़ी गहरी मित्रता थी दोनो घरानो में। रकाबगंज ऐरिया में उनकी शानदार कोठी थी। आगे पीछे ले देकर परिवार के नाम पर एक बीमार पत्नी और एक गुड़िया जैसी बच्ची "नीलिमा"। सात आठ की कोमल कली। आज उसी की सालगिरह के उपलक्ष्य में रायबहादुर के यहां पार्टी थी। बिजली के छोटे छोटे बल्बो से सारी कोठी जगमगा रही थी। नीलाम्बर में छिटके हुए तारों की चांदनी में कोठी का दृश्य बड़ा मनोहारी था। कारों का तांता लगना शुरू हो गया था। एक के बाद एक मेहमान आ रहे थे। राय साहब खुद मेहमानो का स्वागत तत्परता से कर रहे थे। अन्दर कैलाश बाबू खतिरदारी में मशगूल थे। दरअसल खतिरदारी तो एक बहाना था, हाँ! लोग इनकी बातों में दिलचस्पी लेकर मनोरंजन कर रहे थे। नीलिमा आज बहुत प्रसन्न थी। एक कार पोर्च में आकर रुकी। रायबहादुर ने आगे बढ़कर स्वागत किया।

"नमस्ते भाभी जी"

"नमस्ते रायबहादुर साहब! इनसे मिलिये हमारी भतीजी रंजना। यहां पढ़ने के लिये आयी है। बिचारी पर दुखों का पहाड़ टूट पड़ा। परसाल विधवा हो गयी। अब मैने अपने पास बुला लिया।"

मां कितने भावातिरेक से कह रही थी। कितनी भोली थी वह स्पष्ट कह दिया। रायबहादुर साहब को रंजना की उमर देख वाकई अफसोस हुआ। रंजना ने भी नमस्ते की।

"खुश रहो बेटी" ! सुरेन्द्र! ये विजय क्यू नहीं आया। भईया और रमाशंकर बाबू साथ आयेंगे। "बात खत्म होने से पहले ही कैलाश और नीलिमा भी दरवाजे पर आ गये।

"नमस्ते मां! रंजना और सुरेन्द्र तुम्हे भी नमस्ते। नीलिमा ने भी सबको नमस्ते की। "रायबहादुर बोल उठे। नीलिमा चाची जी को अन्दर ले चलो। सब लोग अन्दर चले आये। अन्य मेहमानो से परिचय होने के बाद सभी अपनी अपनी जगह बैठ गये। नीलिमा भी वहीं सोफे पर बैठ गयी। चाची ये दीदी कौन है ? बड़े भोलेपन से उसने पूछा।

"यह तुम्हारी दीदी है"।

"मेरी अच्छी दीदी कहते हुए नीलिमा रंजना की गोद में बैठ गयी। नीलिमा की बीमार मां भी मां जी से बात करती रही। मेहमानो की खतिरदारी अच्छे से हो रही थी। सौगात की मेज पर नजर का ठहरना मुश्किल था। कितने सुन्दर कीमती उपहार थे। सजी मेज पर नजर पड़ते ही आँखे चकाचौंध हो जाती। कितनी चहल पहल थी चारो ओर खुशी ही खुशी। समय से पहले रमाशंकर बाबू और विजय बाबू भी पहुँच गये। देबी प्रसाद जी दोनो को आदरपूर्वक अन्दर ले गये। विजय पर नीलिमा की नजर पड़ते ही बाल सुलभ मन चिल्ला उठी।

"विजय भईया, विजय भईया।" कहती हुई दौड़ गयी। विजय ने भी "हैप्पी बर्थडे" कहकर बड़े प्यार से गोद में उठा लिया।

"अरे वाह रे मेरी फूलों की गुड़िया। भगवान तेरे जीवन में हजारों खुशियां लाये।" रायबहादुर और रमाशंकर बाबू दोनो आनन्दित हो उठे। नीलिमा को गोद में लिये लिये ही विजय ने नीलिमा की मां को भी प्रणाम किया। ।

"जीते रहो विजय। कब आयी दिल्ली से" कहते कहते नीलिमा पर नजर पड़ी जो विजय की गोद में उसी तरह सवार थी।

"अरे नीलिमा! न नमस्ते,

न प्रणाम। नीलिमा को मानो कुछ याद आया।

"अरे हाँ! विजय भैया नमस्ते" मै तो भूल ही गयी थी। सब लोग हंस पड़े। बाबू रमाशंकर बाबू को बिठाते हुए खुद भी राय साहब बैठा गये।

"अरे नीलिमा भईया की गोदी से उतरा, देखो उनका सूट खराब हो रहा है। देवीप्रसाद जी ने हल्की झिड़की दी।

"क्यो विजय भईया मुझको लेने से आपका सूट खराब होता है। विजय बाबू मुस्करा उठे। नहीं नहीं! तुम मेरी गोद में ही बैठो" नीलिमा खुश हो गयी। सब लोग अपनी जगह बैठ गये। रंजना भी सब देख कर सराह रही थी अपने को और नीलिमा के भाग्य को ज़िसे विजय जैसा भईया मिला। संगीत आरम्भ हुआ। एक एक कर कई लड़के-लड़कियों ने गाया। नृत्य हो ही रहा था कि कैलाश बाबू ने विजय के कान में कुछ कहा। रंजना समझ गयी शायद उसके गाने की बात हो रही है। संभवतः वह रंजना को गाना गाने की आज्ञा देने के लिये कह रहे है। ऐतराज भला किसे था। विजय ने भी स्वीकृती दे दी। नाच खत्म हुआ। तालियों की गड़गड़ाहट के साथ ही पियानो बन्द होने जा ही रहा था कि तभी कैलाश बाबू स्टेज पर पहुँच गये। मेहमानो की उत्सुकता बढ़ने का मौका था ही कि कैलाश बाबू ने रंजना का नाम अनाऊंस कर ड़ाला। सबके अनुरोध पर रंजना को

गाना पड़ा। प्यानो के समक्ष बैठकर धुन छेड दी। "पग घुँघरू बांध मीरा नाची रे"। प्यानो और तबला सुरीली लय का साथ दे रहे थे। कोठी में सन्नाटा छाया हुआ था। कामकाज छौड़कर घर के नौकर भी दरवाजे के समीप आ गये थे। संभव है कि कोठी के बाहर कोई पथिक भी जा रहा हो तो ठिठक गया होगा। संगीत समाप्त हुआ तालियां एक बार फिर बज उठी। सभी एक दूसरे से कह रहे थ, इतना बढ़ियां गाना बिरले ही सुना हो।

"मां, विजय, सुरेन्द्र तीनो गर्व से प्रसन्न थे। और रंजना के मुख पर था सफलता का उल्लास।"

रायबहादुर ने दुलार से रंजना को थपकी दी। नीलिमा की मां की तो मानो सारी बीमारी ही गायब हो गयी। नीलिमा बहुत प्रसन्न थी। रमाशंकर बाबू को भी मानो अभिमान हो चला। विजय को वे बहुत प्यार करते थे। इस हिसाब से रंजना उनकी बेटी हुई। और बेटी की सफलता पर किस पिता का सर गर्व से ऊँचा न होगा। कैलाश बाबू कुछ कहने ही जा रहे थे कि तभी सब लोग खाने को उठने लगे। खाने के समय भी सब लोग रंजना के गाने की तारीफ कर रहे थे। संभव है किसी अन्य कलाकार को इस मान से देश हुआ भी हो। पर कला की प्रशंसा तो करनी ही थी। खा-पीकर मेहमान विदा होने लगे। विजय, मां, सुरेन्द्र, रंजना भी चलने लगे। चलते समय भी नीलिमा की मां ने कहा।

"भाभी जी रंजना को कभी कभी भेज दिया कीजियेगा। मेरा और नीलिमा का जी लग जायेगा। खाली वक्त काटना मुश्किल हो जाता है। रायबहादुर का तो अनुरोध था कि रंजना कुछ दिन वहीं ठहर जाये। नीलिमा तो रंजना और विजय को जाने ही नहीं दे रही थी। पहली ही बार में कितना हिलमिल गई। लोग विदा हो गये। समाज में मान पाने के लिहाज से आज रंजना का पहला अवसर था और उत्थान शिखर पर पहुँचने की पहली सीढ़ी।

पांचवां अध्याय

बीबी जी के चले जाने के बाद फ़कीरा को जीवन शून्य लगने लगा। इतने बड़े चावड़ी बाजार में उसका मन नहीं लगता। घर में तो मानो काट खाने को दौड़ता। कई दिन से तो बिचारे ने रसोई भी न बनाई थी। इधर उधर कुछ खा पीकर वक्त गुजार दिया करता था। न किसी से बोलना चालना, बेचारा गुमसुम सा एक कोने में पड़ा रहता। कभी यदि एकांत में समय नहीं कटता तो बीड़ी सुलगा कर कुछ देर मन को बहला लेता। यहीं तो एकमात्र साधन थी मन बहलाव का। मोहम्मदे और सोना की हांडी रोज गरम होती पर किसे परवाह जो उससे एक कप चाय पूछे सारी रात फ़कीरा को जोर का बुखार चढ़ा था नींद तो खैर क्या आयी बस करवट बदलता रहा सोना और मोहम्मदे से पिंड छुडाना भी एक समस्या थी। उधेड़ बुन में रात कट गयी। अब इस जीवन से फ़कीरा को घृणा हो आयी थी। केवल रंजना के हित के लिये पाँव पसार रखे थे और अब वह उस फर्ज से उऋण हो चुका था। उसने निश्चय किया कि वह भी कुछ कर गुजरेगा। मुँह अधेरे फ़कीरा बिस्तर से उठ खड़ा हुआ। सारा घर खर्राटे ले रहा था। चाय का पानी गरम करने के लिये अंगीठी सुलगानी चाही पर कोयले की बोरी में जो हाथ ड़ाला तो एक टुकड़ा भी नसीब न हुआ। पर बेचारा कर भी क्या सकता था।

चुपचाप पलंग पर फिर लेट गया। जैसे तैसे सुबह हुई। पड़ोसिन से थोडे कोयले मांग कर अंगीठी सुलगायी। चाय बनाकर बैठा ही था कि बीबी जी की याद हो आयी।

कभी उनको पिलाये बिना वह चाय नहीं पीता था। आज अकेले पीते हुए उसका दिल भर आया। आंसू की दो बूँद चाय की प्याली में ही टपक गयी। वैसी की वैसी चाय बेचारे ने रख दी बैठकर अंगीठी तापने लगा। मोहम्मदे जाग उठा था। आँखे मलते मलते नल पर आया। पर उसे क्या गरज थी कि कुछ बोलता। नल पर हाथ-मुँह धोकर सोना को जगाने चला गया। सोना को जगाने की हिम्मत भी मोहम्मदे में ही थी। उठते उठते दो घड़ी कुड़कुड़ न हो जाये सोना की आँख ही न खुलती थी। सोना जाग उठी। पलंग से उतरते उतरते छींक आ गई। सामने दीवार से लगा फ़कीरा बैठा था। वहीं माथा ठनका। देखो दिन सही सलामत गुजर जाये तो खैर जानो। मोहम्मदे ने वैसा का वैसा बिस्तरा गुजेट कर पलंग के नीचे सरका दिया। दोनो हाथो से सर को झकोरते हुए सोना कमरे से बाहर निकली। अंगीठी सुलगती देख मन में लालच हो उठा कि मोहम्मदे को चाय बनाने को कह दे। पर ध्यान आया कि चाय बनती क्या चीनी का एक दाना भी न है। विचार उठा और खत्म हो गया। उल्टा सीधा मुँह धोकर पानदान उठाकर सोना अंगीठी के पास आ कर बैठ गई। बिखरे हुए बाल, फटकार पड़ी काली सूरत और उस पर चबड चबड मुँह में पान, पान की टपकती लाल लार, कितना सुन्दर रूप था उस प्रेतिनी का। पान की पीक से मुँह भर आया पर इतनी तमीज कहां।

जो मोहरी पर जाकर थूक आये। वहीं बैठे बैठे ऐसी पिचकारी मारी कि काफी दूर तक धरती लाल हो गयी। बुरी लगने की बात थी पर फ़कीरा वहां से उठ गया। काहे को सुबह सुबह माथा फोडे।

मोहम्मदे भी आकर वही सोना के पास बैठ गया और फिर रोज की तरह दोनो में कानाफूसी शुरू हो गयी। पर इससे फ़कीरा को क्या कमरे में आकर लिहाफ गोल कर एक तरफ रख दिया। बिस्तर की तह लगाकर पलंग के पयताने रख ही रहा था कि सोना और मोहम्मदे आ गये। सोना बोल उठी।

"क्यो जी मै तुमसे पूछूँ हूँ कि तुम्हारे दिल मै आखिर क्या समाई, यों चुप्पी साधे कै दिन काम चलेगा ? आमदनी का कोई ठौर ठिकाना नहीं आखिर घर का खर्चा चले तो कैसे ? मै बोलूँ कुछ खबर है कि नहीं आज दस एक रोज हो गये। रंजना को गये हुए। मेहमानी की भी कुछ हद होती है, कुछ मुँह से कुटोगे कब लाओगे उस कर .... ली को गाली निकलते रह गयी। कहते कहते सोना और फ़कीरा मोहम्मदे वहीं ज़मीन पर बैठ गये। फ़कीरा बिस्तरा उठा चुका था। उसे ऐसा मालूम हुआ कि जो कुछ उसने सोचा था वह सब तै करने का अवसर सहज़ ही में उसके हाथ लग रहा था। फ़कीरा ने अपने अंतः करण को टटोला और फिर धीरज से वहीं बैठ गया।

"बीबी जी। चली गई। अब नहीं आवेगी" मोहम्मदे और सोना के आश्चर्य और

क्रोध का अनुमान लगाना बेहद कठिन था। उनकी दशा उस समय उन चोरों जैसी थी ज़िन्हे मजबूरन अपनी चुराई संपत्ति किसी अन्य के हवाले कर देनी पड़ी हो। एक सन्नाटा था, दोनो के चेहरे पर। मोहम्मदे अब और अधिक खामोश नहीं रह सका। पूछ ही बैठा "आखिर गई कहां? "फ़कीरा को एक क्षण सोचना पड़ा।

"बम्बई! फिलीम कंपनी में।" कितनी गंभीरता से उत्तर दिया।

सोना तड़प उठी। उसकी सारी भावनायें उसके हृदय में हिल उठी। "अच्छा जी" तो तैने भी हमसे दगा की। पर क्यूँ की "मै जे पूछती हूँ कि उसे भेजने वाले तुम होते कौन हो ?" आखिर देखा न फँसी फसाई चीड़िया हाथों से उड़ा दी ना। पर बच्चू जो तू सस्ते में छूट जाये बहुत मुश्किल है, मेरा नाम भी सोना है। अपनी और तेरी जान एक न कर दूँ तो मेरा नाम सोना नहीं। बड़े सगे बन गये ना अब देख। "जो कुछ सोना कह रही थी उससे फ़कीरा को ज़रा भी ताज्जुब नहीं था। मानो वह सब उसे पहले से ही पता था।"

जाने वाले को कौन रोक सके है। बीबी जी चली गयी तो भी मै ज़िन्दा हूँ और अगर तू चाहे तो तू भी चली जा कोई तेरे बिना मर थोड़े ही जाऊंगा "जलती आग पर घी के छीटें पड़े। "सोना ज्वाला हो उठी।

"हाय रे हाय तेरे छल फंदे। ज़रा देख तो मोहम्मदे अरे मै चली जाऊँ तेरी छाती पर मूँग न दलूँ तो सही" कहते कहते सोना ने दोनो हाथो से सिर छाती पीटना शुरू कर दिया। मोहम्मदे संभाल रहा था पर प्रेतिनी का वह भयंकर रूप किसके काबू में आता।

शोरगुल सुनकर पड़ोसिने भी नीचे आ गई। चौधरी ठेकेदार के घर में सुबह सुबह महाभारत उन सब के लिये एक नई बात थी। मोहम्मदे समझा रहा था। कि ऐसा तो असंभव था कि सोना का कहीं और ठौर न हो। दर्शको में से किसी को क्या ज़रूरत पड़ी थी कि बीच में बोलते और फिर वह सब तो उनके लिये एक तफरी थी। त्रिया चरित्र का ऐसा मनोरंजक नाटक पूर्णतया देखे वगैर कौन छोड देता। सोना की बकवास उसी तरह जारी थी। "मुए ने मुझे कहीं का नहीं छोड़ा।" मेरी तो सारी दौलत लुट गई। अरे! मोहम्मदे तू मुझे रोके ही मत यहीं सर पटककर जान दूंगी। इसको और इसकी बीबी जी को ना मैने जेल में सड़ाया तो मेरा नाम भी सोना नहीं। कलमुही, चुड़ेल, निगोडी मेरा सत्यानाश कर गयी। आज फिर बीबी जी के लिये गालियां सुनते ही फ़कीरा का खून खौल उठा। आँखे क्रोध से अंगार हो उठी। जी में आया हचक कर एक लात ज़मा दे। मिर्गी दम भर में छूट जाये। पर कुछ सोच कर रुक गया। क्रोध को शांत करने का प्रयत्न करते हुए फ़कीरा गरज उठा।

"सुन री सोना, कान खोलकर सुन ले। मै कोई तेरा गुलाम नहीं हूँ। जो तेरी उल्टी सीधी कान दबाये सुनु तेरी अगर यहां नियती नहीं निभती हो तो चली जा कहीं जहां तेरा सींग समाये। कौन तुझे बांध सकता है। और मोहम्मदे तू भी कहीं और काम देख ले। मर्द आदमी है। जहां बैठ जायेगा पेट भर रोटी कमा ही लेगा। बस अब फैसला हुआ न ना कोई खिचखिच न कोई झाएंझाएं। सीधी साफ बात थी पड़ोसिनो को भी क्या बुरी लगती। और फिर फ़कीरा के सामने मुँह खोलने की हिम्मत किसमे थी। आखिर ठेकेदार था इस दलदल का। इसके अलावा तवायफ से किसी का ताल्लुक ही क्या?

पैर की जूती जब चाहा निकालकर फेक दिया। उस दिन बात वहीं तक रही। फ़कीरा के क्रोध के आगे तो मोहम्मदे के भी देवता कूँच कर जाते थे। सोना सबकी तरफ देखती रही पर किसी से मदद की आशा ना थी। दो दिन तो घर में महाभारत छीड़ी रही। तीसरे रोज सोना और मोहम्मदे मुँह अंधेरे कहां चले गये कुछ मालूम नहीं। संभव था। यदि दोनो में से कोई सीधी राह में आने को तैयार होता तो यकीनन फ़कीरा अपना लेता पर उन नाली के कीडो को गंदी कीचड ही पसंद रही। उसी में लिप्त, उसी में सर्वस्व। पड़ोस में ही कबाड़ी की दुकान थी। ज़रूरत का कुछ सामान रखकर फ़कीरा ने बाकी सामान औने पौने दाम पर बेचकर अपने पैसे खड़े कर लिये। मकान मालिक से फैसला हो गया। फ़कीरा का उदेश्य हरि भज़न था, निकल पड़ा। पर सोचता जा रहा था पेट भर कमाऊँगा और हरि भज़न करूंगा। चावड़ी के कई दुकानदारो ने क्हा भी कि "फकीरचन्द! अगर काम करना ही है तो दिल्ली में ही काम बहुत है" फ़कीरा के होठों पर मुस्कराहट और आँखों में पानी की झलक शुभचिंतको के अहसान का स्पष्ट संकेत थी। पर दिल्ली छोडदेने में ही भलाई थी। उसने दिल्ली छोडदी। कोठा खाली हो गया। उसी घर में जहां कुछ दिनो पहले आनन्द और मनोरंजन हेतु वैभव की एक किरण देखने मात्र के लिये तामाश बीन नीचे बाजार में टकटकी लगाये खड़े रहते थे। वहां के सूनेपन में वहां बिताये दिनो का प्रतिविम्ब देख लेते थे। मकान में ताला पड़ते ही चूहे, गिलहरी और मकड़ी ने कदम ज़मा लिये।

फकीरा काशी की और निकल पड़ा। गाडी चली जा रही थी हवा के झोकों के साथ साथ एक एक स्टेशन आता मुसाफिर चढ़ते उतरते। फकीरा गुमसुम बैठा सोच रहा था अब वह जीवन में क्या करेगा सोचता, कभी सोचता की फौज में चला जाए पर मन फिर भटक जाता, डिब्बे के मुसाफिर प्राय आपस में बातचीत करके वक्त काट रहे थे, कोई कोई मुसाफिर यदि नींद में बैठा बैठा ऊँध जाता तो ट्रैन को झटका लगते ही फिर सचेत हो जाता, फकीरा भी एक कोने से खामोश बैठा था। काफी देर बाद सामने के मुसाफिरों ने बीड़ी के बण्डल से बीड़ी निकल कर फकीरा बढ़ाया, उसने इनकार कर दिया, मुसाफिर ने अपनी बीड़ी सुलगा ली बातचीत में कुछ करने की गरज से उसने फकीरा से पूछा

“क्या नाम है तुम्हारा भैया?

“फकीरचंद”

“कहाँ जा रहे हो?” मुसाफिर ने बात बढ़ाई, चुपचाप बैठा बैठा फकीरा भी थक गया था, एक भले मुसाफिर से बात करने का अवसर मिला तो वह भी संभल कर बैठ गया।

काशी जा रहा हूँ, कुछ काम धंधे की तलाश में, मुसाफिर को मानो कुछ प्रसन्नता सी हुई, यूँ तो उसका देश मारवाड़ था पर काशी में कपड़े का व्यापार करता था, दोनों में कुछ देर तक बातें होती रही, दोनों का एक दूसरे से भली प्रकार से परिचय भी हो गया, दोनों ही बहुत खुश थे व्यापारी को जरुरत थी कामकाजी की और फकीर को जरुरत थी काम की। उस समय रात्रि का दूसरा प्रहार समाप्त हो रहा था, व्यापारी को नींद के झोकें सताने लगे, वह फिर ऊँधने लगा और फकीरा फिर चुपचाप बैठ गया, तीसरे दर्जे के मुसाफिर की बीड़ी का धुंआ आज फकीरा को बुरा मालूम हो रहा था। उसे अपने बीतें दिन याद आने लगे इसी तरह एक बार वह बीस साल पहले भी घर से बहार निकला था मगर तब उसके मन को शान्ति ना थी, उन दिनों उसका नाम फकीरचंद नहीं हुआ करता था, तब वह विवेक नाम से कॉलेज में पढ़ने वाला कद्दावर नौजवान हुआ करता था, बीस बाइस बरस का था, बाप की तिजोरी से रुपए चुरा कर भागा था, कुछ जुए का यार दोस्तों ने ऐसा ऐब डाला की बगैर जुए के उससे चैन नहीं मिलता था, धीरे-ध ीरे उसे सारी बातें याद आने लगी की किस किस तरह जमाने की ठोकर खाकर वह उस पापी जीवन में आया था और धीरे धीरे वह चावड़ी का मशहूर दलाल बन गया था उसके बलिष्ठ जिस्म एंड दहकत्ती आँखों मात्र से ही अबलाएं कांपने लगती थी, एक दिन जाने कैसे किसी अबला पर अत्याचार को सहन न कर सका था, और सेठ धनपत का खून कर बैठा, फिर जेल की दीवारों में नीला आकाश देखने को तरस बैठा था, फिर जेल से छूटने के बाद वह फकीरा न रह गया था, पुलिसवालों ने उसके सारे कसबल तोड़ दिए थे, फिर पुनः आया था उसी चावड़ी बाजार में लेकिन इस बार उसकी भेट रंजना जैसी मासूम कली से हुई थी, जाने रंजना में क्या बात थी, या फिर फकीरा ही नरम दिल का हो गया था, कुछ भी हो उसे रंजना से हमदर्दी हो गयी थी, और फिर रंजना की स्टोरी सुनकर वह उसकी इज्जत करने लगा था, आज उसी चावड़ी बाजार से निकलते हुए वह प्रसन था, न कोई आगे न पीछे उसे किसी की चिंता ना थी, रही सही एक जिम्मेदारी थी वह भी उसके कंधो से उत्तर चुकी थी, आज बीस वर्ष बाद उसके दिल में घर की याद जागी जाने माँ का क्या हाल होगा, जिन्दा भी है या नहीं, कितना परिवर्तन हो गया होगा उन लोगों में, छोटा बंटू तो अब तीस बतीस का हो गया होगा, मुनिया की शादी

कबकी हो गयी होगी, पर अब मैं क्या मुँह लेके जाऊं, हवा के झोकें के भाँति तरह तरह के विचार मन में आते और निकल जाते। बीस साल के लंबे जीवन के बाद फकीरा के जीवन में परिवर्तन हो रहा था, कौन जाने आने वाला कल कैसा हो, फकीरा चला गया तो कई लोगों ने सोच लिए शायद फौज में भर्ती हो गया हो, तो कुछ का विश्वास था की साधू संत हो गया होगा।

सबके अनुमान निराधार थे, सच क्या था किसे मालूम, काशी पहुँचने पर कई दिन फकीरा को तीर्थ दर्शन करने में ही बीत गए, गंगा के पवित्र जल में स्नान कर उसे शान्ति मिली, कभी कभी तट की और निकल जाता तो जलती चिताएं देख कर उसे अपने पाप नज़र आते, वह बिहाल हो उठता काशी में एक एक करके सारे मंदिर, हाट बाजार देख डाले, उसका मन वही लग गया। काफी दिन उसी तरह बीत गए, आखिर बेरोज़गार कब तक बैठा रहता। बेचारे के पास पूंजी ही क्या थे और नामचार को जो थी भी उसमे घटाव शुरू हो गया था। फकीरा ने एक कोठरी किराए पर ले ली, कई धंधे देखें और अब कपड़े का काम शुरू कर दिया था, उसी मुसाफिर व्यापारी की दूकान से कपड़ो का भारी गट्ठर कमर पर लाद कर दिन भर गली कूचो में बेचता फिरता। सारे दिन कड़ी धूप में शहर भर की फेरी लगाने के बाद शाम को कही पैसे देखना नसीब होते, मेहनत की थोड़ी सी कमाई में रूखी सूखी खा कर फकीरा खुश था उसके दिन सुख से कटने लगे, फकीरा के जीवन में इतना भयंकर परिवर्तन यदि कोई सुने तो संभव है, यकीन ही ना माने।

छठवां अध्याय

सुख और शांती के बीच कुछ महीने हवा के झौकों की तरह बीत गये। वक्त कटते रंजना को मालूम ही न चला। धर के कामकाज, मां और भाईयों के प्रेम में दुख के दिनो की याद स्वप्न्न की तरह खत्म हो गयी। स्वभाव और मधुर संगीत के कारण रंजना कुछ ही दिनो में सबकी इतनी प्रिय बन गयी कि आने जाने वालों में कोई घर ऐसा नहीं था। जहाँ ज़रा सा भी कारण हो और सहेलियां जबर्दस्ती खींच कर न ले जायें। उसके जीवन में कितनी जल्दी समय का एक महान परिवर्तन हुआ। इतना मान और प्रतिष्ठा। इधर कई दिनो से रंजना मेहमानी में देवी बाबू के यहां ठहरी हुई थी। नीलिमा की माँ तो भेजने का नाम ही नहीं ले रही थी। कई बार सुरेन्द्र लेने भी गया था पर बेचारे को अकेले वापस आना पडा। उस दिन ये ही मुनासिब समझा गया कि क्लब से लौटते समय विजय ही देवी बाबू के यहां जाकर रंजना को ले आयेगा। शाम हो आयी थी विजय बाबू क्लब चले गये। भारत क्लब में उस दिन मासिक सम्मेल्लन था। क्लब के सभी मेंबर आमंत्रित थे। विजय भी इधर कई महीनो से क्लब न जा सके थे। क्लब पहुँच कर कुछ देर सुरेन्द्र का मैच देखते रहे। फिर कुछ देर समय बिताने के लिये अखबार देखने लगे। रीडींग रुम में आकर बैठ गये। कुछ लोग पहले से ही वहां ज़मे थे। कुछ रेडियो को लुफ्त उठा रहे थे तो कुछ मेंबरों में जोरों की राजनीतिक बहस छीड़ी हुई थी। प्रत्येक के विचारों की

अलग ही खिचडी पक रही थी। पास मेज पर कुछ नौजवानो ने ताश की गड्डी सजा रखी थी। खिलाडी खेल तो रहे थे पर उनकी बातचीत से साफ जाहिर था कि मजा किसी को भी नहीं आ रहा। मजबूरन वक्त काट रहे है। एक खिलाडी बोल उठा "अरे यार! स्ट्रोक बढ़ाओ एक आना स्ट्रोक से क्या खाक मजा आ रहा है। कुछ हार जीत भी तो मालूम हो।"

खिलाडियों में से एक बोल पड़ा। ठीक कहते हो दोस्त! हमारे खेल में भला क्या मजा आयेगा। तुम्हे तो कैलाश के साथ खेलने का चस्का लगा है। यह उसी का दम है कि हराम की रकम चटाये जाये ....! बात पूरी भी नहीं हो पायी थी कि तीसरे ने उत्सुकता से पूछा ...."

सुना है, पिछले इतवार कैलाश बाजी हार गया पूरे सात सौ का चूना लगा। उन्ही में से किसी ने बात पक्की करते हुए कहा ....

"क्या बड़ी बात है सात सौ रूपये कैलाश के लिये। पैर की धूल है उनकी। लेकिन य़ारों है दिल शेर का। अभी उस दिन की ही तो बात है। हम दो तीन आदमी रेस खेल कर सीधे चन्दा के कोठे पर पहुँच गये। बात की बात में मेरे यार ने १००.१०० के नोट निकालकर कर उछाल दिये। ठाठ से व्हीस्की आयी क्या गुल्छर्रे उडे और यारों की रकम भी बन गयी। छबबीस की आयी छीयासी बाताई। बाकी चौदह भी फेंट में कस लिये।

विजय बाबू गंभीर भाव से बैठे सब सुन रहे थे। विचारों का तूफान मस्तिष्क में उठा हुआ था शरीर में एक अदभूत कम्पन प्रतीत हुआ। विश्वास न हुआ कि सुनी हुई सारी बातें अपने कैलाश के लिये ही है। अपना कैलाश ऐसा नहीं हो सकता .... कभी नहीं ....हरगिज नहीं। खिलडियों की बातों का सिलसिला अभी जारी था बातचीत का ढ़ंग कुछ इस प्रकार था कि अधिकतर लोगों का मन खेल से उचाट हो गया। एक हारा हुआ खिलाडी ताश की गड्डी मेज पर फेकते हुए झल्ला उठा।

"खेलना हो तो खेलो वरना बन्द करो। ले बैठे वही कैलाश का किस्सा। अरे भाई! किसे नहीं मालूम कि तुम लोगों ने उल्लू फंसा रखा है। पर देखना यह है कि। कितने दिन खिलती है फोकट के पैसों की ये होली। किसी ने जवाब देते हुए क्हा" बस अब इन बातों को यहीं तक रहने दो। अब तक तो अपने वारे न्यारे हो गये होते अगर कमबख्त सुरेन्द्र बीच में ना होता। सुरेन्द्र का नाम आते ही विजय बाबू का चिन्ता करना लाजिमी था। कानो में अधिक सुनने की ताब न थी। जी में आया चले जायें पर इसी विचार से कि शायद शांती से सब सुन लेने में ही भलाई है। सो जी कड़ा करके बैठे रहे। विनोद कह रहा था।

“य़ारों कुछ ऐसी तरकीब भिडाओ कि सुरेन्द्र और कैलाश की खटक हो जाये। बस अपना रास्ता साफ हो जायेगा ।” एक अन्य खिलाडी ने जवाब दिया य़ार यहीं तो मुश्किल है, किसके गालों में हिम्मत है जो सुरेन्द्र के थप्पड़ बर्दास्त करे। अपनी लोगों की पार्टी से तो वो खार खाता है। हम लोगों पर नजर पड़ी नहीं कि उसकी आँखे लाल - पीली हुई नहीं। मेरे यार साये की तरह कैलाश के पीछे लगा रहता है इधर वह खेलने को बैठा नहीं ज़रा सा हारा कि कहीं ना कहीं से पठठा टपक पडेगा और किसी ना किसी बहाने से उठाकर ले जायेगा। विजय बाबू ने संतोष की साँस ली। कैलाश के बारे में सब कुछ जानकर बहुत दुख हुआ। पर अच्छा हुआ कि जो वक्त से पहले सबको पता चल गया। कुछ उधेड बुन में विजय बाबू पड़े ही थे कि कैलाश और सुरेन्द्र भी वहीं आ गये। बातों का रुख पलटते हुए सभी खिलाडी एक स्वर में बोल उठे........

“आईये आईये कैलाश बाबू हम लोग आपका ही ज़िक्र कर रहे थे। बड़ी उमर है आपकी। अरे यारों कुर्सी दो इन्हे।” इससे पहले कैलाश कुछ जवाब देते सुरेन्द्र बोल उठा ....

“क्यो ब्रीज ज़मानी होगी मगर बच्चू याद रहे वह गुड नहीं जो चीटें खा जायें कहते कहते नजर विजय भईया पर पड़ी।

“आप कब आये भईया”

“काफी देर हो गयी। यहीं बैठ गया। आओ कैलाश बैठो” सारे कमरे में एक सन्नाटा छा गया। खिलाडियों को तो मानो काठ ही मार गया।

सब अपने मन में खुद को धिक्कार रहे थे। कैसी चूक हुई काश! बात शुरू करने से पहले कमरे में एक बार चारों ओर देख तो लिया होता पर पापी दिल में सत्य कहां! खैर! जबान से फिसली बात तो वापस आ नहीं सकती थी। क्लब के सेक्रेटरी मीटिंग के लिये अन्य लोगों को बुलाने कमरे में आ गये। मीटिंग हो रही थी। कई प्रस्ताव स्वीकार किये जा चुके थे। अंतिम प्रस्ताव पर जोरों की बहस चल रही थी। यह विशेष प्रस्ताव था सालाना जलसे की तारीख मुकर्रर हो चुकी थी। क्लब के सभी कार्यकरताओं का एक नये सिरे से चुनाव होना आवश्यक था। मीटिंग होती रही पर क्या कुछ हो रहा था। इसकी विजय बाबू को खबर नहीं थी। वह तो केवल इतना सोच रहे थे, कि एक को पाप के जीवन से निकाला। उसकी पीठ पर प्यार की थपकियां देकर। और दूसरे को गुमराही से रोकना होगा, उसके मुँह पर थप्पड मार कर। मीटिंग खत्म हो गई। क्लब से वापसी में विजय बाबू रंजना को लेने देवी बाबू के वहां रुक गये। अचानक विजय को आया देखकर सभको बहुत ताज्जुब हुआ। काफी देर तक राय बहादुर साहब से इधर उधर की बातचीत होती रही। खा - पीकर रंजना और विजय दोनो धर वापिस चले आये।

रात के दस बज रहे थे। मां आराम कुर्सी पर बैठी रंजना के लिये जाकेट बुन रही थी। रंजना सुरेन्द्र के कमरे में दूध का गिलास रखने गयी। एक अनोखा दृश्य था वहां बीचो-बीच कमरे में खड़े सुरेन्द्र बाबू बड़ी तेजी से किसी लेक्चर की तैयारी कर रहे थे। रंजना ने दरवाजे का पर्दा उठाया और ठिठक कर वहीं खडी हो गई।

"ये क्या हो रहा है भईया"

"लेक्चर तैयार कर रहा हूँ दीदी। कल हमारे कालेज में डिवेट है न।" रंजना को इन बातों में दिलचस्पी थी। दूध का गिलास मेज पर रखकर बोली।

"मै भी तो जरा सुनुँ क्या विषय है लेक्चर का।" सुरेन्द्र ने लेक्चर शुरू किया। विषय था "स्त्रियों मे शिक्षा की आवश्यकता" ओह बहुत ही अच्छा विषय है मै भी कुछ बोलूँ।

"दीदी पहले मुझे तो बोलने दो" और सुरेन्द्र की आवाज बोलते बोलते ऊँची होती गई। बीच बीच मे रंजना टोक कर सुझाव देने लगती। रंजना का मत सुरेन्द्र से बिल्कुल उल्टा था। शायद वक्त की मार ने रंजना को बहुत कुछ सिखा दिया था। और इसीलिये आवाज ऊँची होती गई। रंजना प्रमाण देकर समझा रही थी और सुरेन्द्र झुँझला रहा था। पास के कमरे मे बिस्तर पर पड़े विजय बाबू ने पढ़ते पढ़ते किताब बन्द करके मेज पर रख दी। दोनो का वाद विवाद काफी दिलचस्प था। रंजना विषय के विपक्ष मे थी और सुरेन्द्र पक्ष मे।

बहस चरम सीमा पर थी। मां ने सुरेन्द्र के कमरे का शोर सुना तो बिचारी डर गई। सोचने लगी। अभी तक तो सब ठीक था। यह किस बात पर झगडा शुरू हो गया। ममता की मारी से ना रहा गया। बिचारी बुनना छोडकर सुरेन्द्र के कमरे की ओर चली आयी

"अरे तुम दोनो को क्या हो गया ज़रा देर साथ हुए तो लड़ना शुरू कर दिया। मै पूछती हूँ" रे सुरेन बिना बात क्या झगड़ा खडा कर रखा है तुझे तो रंजो फूटी आँख न सुहाती। दोनो अपराधी की तरह चुप हो गये।

"झगड़ा कैसा मां हम लोग तो बहस कर रहे थे। है ना दीदी"

"हाँ मां"

"आग लगे तुम्हारी ऐसी बहस को। मैने न जाने क्या समझा। और यदि कोई गैर सुने तो वो भी क्या समझे" मां कुर्सी पर बैठ गई। ठीक उसी तरह जैसे न्यायालय मे कोई जज दोनो तरफ के वकीलों की बहस सुन रहा हो।

"खैर! मां तुम ही फैसला करो। कल हमारे कालेज मे डिवेट है। बहस का विषय है" स्त्रियों मे शिक्षा की आवश्यकता "मेरी राय मे स्त्रियां की दहलीज घर के अन्दर परिवार सम्भालने की है वगैरह। पर दीदी मान ही नहीं रही। वो तो समाज मे स्त्रियों के अलग रूप को लेकर मुझसे बहस कर रही है। मां लड़कियों का ज्यादा पढ़ा लिखा होना ठीक नहीं। वो ज़ितना पढ़ेंगी उतना ही समाज मे परिवर्तन आयेगा आदमी को अपने से नीचा समझेंगी। सुरेन का दृष्टिकोंण सर्वथा गलत था। मां रंजना के समर्थन मे थी। पर अब फैसला कैसे हो। सुरेन्द्र के मुँह पर उसे गलत ठहराने के लिये जिगर चाहिये था।

"खैर! चल बेटी जाने दे इसे। चल सोने चल। याद करने दे इसे अपना लेक्चर वरना सारी मेहनत बेकार जायेगी।

"अच्छा मां आप चलिये मै बड़े भईया के रुम मे दूध रख कर आयी।

"क्या विजू जाग रहा है अभी।" चलो थोडी देर उसके पास बैठती हूँ। मां और रंजना विजय के कमरे मे आ गये। पलंग पर मां ने बैठते हुए कहा।

"सुन रहा था विजू इन दोनो की बहस।"

"हाँ मां सब सुन रहा था।"

"रे विजू सच मान मै तो डर गई थी। कि जाने क्या झगड़ा हो गया। अभी उस दिन की ही तो बात है। दोनो के हाथ मे अखबार था। न मालूम क्या बात हुई बहस करते करते दोनो ने गुस्से मे अखबार ही फाड़ ड़ाला। आज भी कुछ ऐसा ही होता वो तो शुक्र मना जो मै वक्त पर पहुच गयी। न जाने आज किस चीज की नौबत आती। अच्छी ठहरी इन दोनो की बहस। गैर सुने तो जाने क्या समझे।

"कोई कुछ भी कहे माँ, पर ये सच है माँ बिना लक्ष्मी के घर - घर मालूम नहीं होता। वह घर ही क्या जहां भाई बहन के प्यार की लडाई ना हो।

"ठीक कहा विजू! हम कितने खुशनसीब है जो हमे पली पलाई बेटी मिली भगवान इसे बनाये रखे।"

काफी दिनो से विजय बाबू सोच रहे थे कि रंजना का नाम किसी कालिज मे लिखवा दिया जाये। आज बात उठी तो माँ से पूछ लिया।

"माँ मै सोच रहा था कि रंजना को पढ़ने लिखने मे इतनी दिलचस्पी है तो क्यूँ ना इसका नाम किसी कालिज मे लिखवा दिया जाये। बिचारी का वक्त भी अच्छी तरह कट जायेगा और साथ ही साथ पढ़ भी जायेगी। "माँ को कोई इंकार न हुआ। रंजना खुशी से फूली ना समाई। विजय बाबू आराम करने लगे।"

ठीक है रंजो सुबह याद दिला देना, देहरादून से चिठ्ठी लिखकर तुम्हारे कालिज से सर्टीफिकेट मंगा लूँगा। विजय बाबू दूध पीकर सो गये। रंजना भी बत्ती बन्द करके कमरे मे आ गयी। माँ भी बीनना छोडकर आराम करने लगी सुरेन ना जाने कितनी देर रात तक लेक्चर तैयार करता रहा। यह तो न मालूम हो सका हाँ सुबह जब रंजना उसे जगाने गयी तो पलंग के सहारे मेज पर टेबल लैंप जल रहा था और सीने के नीचे दबे हुए लेक्चर के कागजात बुरी तरह मसल गये थे।

खा पीकर सुरेन दस बजे कालिज चला गया। ड्राइंगरुम मे रंजना बड़े भईया के पास बैठकर पत्र लिखवा रही थी। कोठी मे अचानक कार की आवाज सुनकर दोनो को ताज्जुब हुआ। उस वक्त किसी के आने की उम्मीद नहीं थी। रंजना उठ कर अन्दर जाने लगी। सामने से कैलाश बाबू चले आ रहे थे। वही मस्तानी चाल! बेतुकापन! रंजना को देखकर रुक गये।

“नमस्ते रंजना जी”

“नमस्ते कैलाश भईया”

देखिये रंजना जी, मुझे भईया मत कहा कीजिये। कैलाश बाबू की आँखों मे रंजना ने अजीब बात देखी। वह सब कुछ फौरन ताड़ गयी। गत जीवन मे न जाने कितनी बार ऐसी ओछी आँखो को देखने का अवसर मिला था। दूध पीती बच्ची नहीं थी वह, सब कुछ अच्छी तरह समझती थी। पर बात टालने की गरज से पूछ लिया।

“भला क्यो”

“यों ही! हाँ विजय भईया कहां है”?

“ड्राइंगरुम मे” रंजना ने अटपटेपन से जवाब दिया।

कैलाश बाबू कमरे मे चले गये। उस दिन बात वहीं खत्म हो गयी। पर कैलाश के वर्ताव ने रंजना के दिल मे एक शंका अंकित कर दी। विजय बाबू ने पत्र लिखना बन्द कर दिया।

“आओ कैलाश आओ! आज सुबह ही सुबह कैसे आना हुआ। ।

कैलाश सोफे पर बैठ गये।”

“यों ही चला आया। भईया सोच रहा था कि क्लब सेक्रेटरी के चुनाव के आप ही क्यो ना खड़े हो जायें। मुझे विश्वास है कि आप ज़रूर कामयाब होंगे। विजय बाबू मुस्करा दिये।”

अरे! छोड़ो भी इस किस्से को तुम तो जानते हो कि मुझे क्लब के कामधाम मे

कोई दिलचस्पी नहीं है। और फिर आजकल मे मेरा नतीजा भी आने वाला है। आगामी जीवन कब और कहां बीते ये कुछ निश्चित नहीं है ऐसे मे कोई ज़िम्मेदारी बांध लेना मुनासिब नहीं है। इसके अलावा मै कभी कभी ही तो क्लब जाता हूँ। लोग अच्छी तरह जानते भी नहीं है। मेंबरों से वोट मिलना कोई आसान काम थोडे ही है। मानो विजय ने जो कुछ कहा कैलाश के लिये सब मामूली बातें थी।"

वाह भईया वोटों की चिन्ता आपने बहुत की। मेरा ख्याल है कि क्लब के बहुत से मेंबर आपको शक्ल से ना जानते हो पर नाम से बखूबी वाकिफ होंगे। और इसके अलावा मेरी और सुरेन्द्र की जान पहचान भी कुछ कम नहीं। मेरा अनुमान अगर गलत ना हो तो क्लब के आधे से ज्यादा मेंबर मेरे दोस्त ही है आप सिर्फ खड़े हो जायें ज़िता देना मेरा काम रहा। विजय बाबू गंभीर भाव से सोचते रहे। रात क्लब मे कैलाश के दोस्तों की सारी बात एक एक करके उन्हे याद आने लगी। शायद अच्छाई की एक धुंधली रेखा उनकी आँखो के सामने चमक रही थी। काश! कैलाश अपने उन दोस्तों का असली रूप देख सकता ज़िनकी दोस्ती का उसे इतना गर्व था। फिर भी वो चुनाव मे पड़कर फिजूल वक्त बर्बाद नहीं करना चाहते थे सांत्वाना देते हुए बोले

"वह सब तो ठीक है फिर भी ...." विजय बाबू कुछ कहते इससे पहले कैलाश हाथ झाड़कर खड़े हो गये।"

ऐसा मालूम होता है कि भईया आपका विश्वास डगमगा रहा है। मै कहता हूँ कोशिश करने मे नुकसान ही क्या है। वक्त को देखते हुए मै तो यहीं कहूंगा कि क्लब के सेक्रेटरी होने के बाद तरक्की के रास्ते शायद कुछ आसान हो जाये। बडे लोगों से संपर्क काम ही आता है।

यह बात नहीं है कैलाश! खैर, अगर तुम इतना मजबूर कर रहे हो तो तुम्हारी मरजी से मै खड़ा हो जाऊंगा। पर देखो भाई हारजीत तुम्हारे हाथों मे है और तुम यह भी जानते हो कि मै हारना नहीं चाहता। कैलाश के होठों पर खुशी नाच उठी वैसी ही जैसे किसी बालक को खेलने के लिये मनचाहा खिलौना मिल गया हो। सोफे पर तो एक बारगी खुशी से उछल पड़े विजय बाबू केवल मुस्करा दिय, और लेटरहेड खोलकर पत्र लिखने लगे माँ से मिलने के बहाने कैलाश भीतार चला गया। माँ पलंग पर बैठी रंजना की जाकेट बुन रही थी पास सोफे पर लेटी रंजना किताब पढ़ रही थी। कैलाश उसी बेतुकेपन से धड़धड़ातें कमरे मे आ गये। रंजना पलंग से उठकर माँ के पास पलंग पर जा बैठी। माँ ने बुनना छोडकर सलाई तकिये पर रख दी। कैलाश बाबू आराम से सोफे पर बैठ गये।

"क्या बुन रही है माँ जी"

"रंजना के लिये जाकेट"

"ओह! ज़रा देखूँ तो! माँ ने ऊन के गोले मे सलाई लगा कर स्वेटर कैलाश को दे दिया। कैलाश ने जाकेट को देखा क्या रंजना की ओर बेशर्म निगाहें उठ गयी।

"यह क्या रंजना देवी! आप पढ़ भी लेती है, मै तो समझता था की केवल सितार ही बजा लेती है" और कुछ भोचक्केपन से कैलाश ने कमरे मे चारों ओर देखा। कोने की दीवार के सहारे खड़े हुए सितार पर नजर पड़ी। लपक कर सितार उठा लिया।"

यह लीजिये और वही मीरा का मनहर गीत "पग घुँघरू बांध मीरा नाची रे" शुरू कर दिजिये। रंजना कुछ अनमनी सी थी।

"माँ मै नहीं गाऊंगी" कैलाश को ऐसा मालूम हुआ मानो ऊसकी सारी मेहनत बेकार हो जायेगी। कितने चाव से वह सितार उठा कर लाया था। और इधर रंजना का जवाब बिल्कुल साफ इंकार फिर अकड़पन मे कुछ फायदा नजर न आया।

"मालूम होता है कि आज आपका मूड़ नहीं है"

जी नहीं! मुमकिन था कि बात कुछ आगे और बढ़ती लेकिन कोठी के गेट पर गाने की आवाज से सबका ध्यान उधर आकर्षित हो गया। रंजना ने खिड़की से झांककर देखा। फटेहाल दो फ़कीरों के साथ बारह तेरह वर्ष की बच्ची थी तीनो गा गा कर भीख मांग रहे थे। एक के गले मे निवाड की पट्टी के सहारे हार्मोनियम लटक रहा था। बाजे पर चलती हुई उसकी ऊंगलियां स्पष्ट संकेत थी कि साज और साजिन्दे दोनो ही के जीवन इस तरह जीर्ण हो चुके है कि उनमे कोई स्वाद बाकी न था।

दूसरे की झुकी हुई कमर, गले मे रस्सी से बंधी लटकती ढ़ोलक दोनो की ही कमर टूट चुकी थी दोनो ही वक्त के शिकार हो चुके थे। ढोलक की भी कमर टूटी थी ढ़ोलकिये की थाप से और ढोलकिये की कमर टूटी थी समय के थपेड़ो से। कोयल सी कूकती बारह तेरह वर्ष की मुरझाई कच्ची कली मानो उन दोनो की अंधेरी राह का टिमटिमाता दीपक हो, जिसके घुंधले उजाले मे वह इतने बड़े संसार मे पेट की रोटी, तन को कपड़ो और सर छुपाने को साया ढूँढ़ने निकले हो। गीत मे रस न था। फटी हुई आवाज उनका वह हृदयविदारक संगीत मानो उनके बीते हुए दिनो की कहानी सुना रहा था। गाते हुए भिखारी रंजना की ओर आ रहे थे। कैलाश को भला यह सब कैसे बरदाश्त करते फौरन बलबला उठे।

"यह चौकीदार कहां सो रहा है, जो ये फिजूल के आदमी बाप की कोठी समझ कर चले आ रहे है इन हट्टे कट्टे नौजवानो से तो मेहनत करके खाया ही नहीं जाता। हराम की रकम भीख मे मिलती है ना" रंजना को कैलाश के यह वाक्य बहुत बुरे लगे।

वह सोच रही थी मनुष्य कितना नीच हो जाता है। बड़ा होकर कौन नहीं भूल जाता कि वह कभी छोटा था। गरीब मुँह से रोटी छीनते उन्हे ज़रा भी दुख नही होता। भिखारी के रोटी के टुकडे का मूल्य उस रईस को क्या मालूम ज़िसके सामने से खाने की भरी प्लेटे मात्र नमक कम होने के कारण फेक दी जाती हो। मोटरों से चलने वालों को क्या पता कि पैदल चलने वालों की बिवाई भी फट जाती है। उनकी मोटरों के टायरों से उठे छीटें किसी गरीब के एकमात्र वस्त्र पर भी पड़ सकतें है। जिसे घुलने पर हो सकता है वस्त्र तार तार हो जाये और गरीब वस्त्रहीन। शानदार होटलों मे पार्टीयां खाकर मुलायम बिस्तरों पर पैर पसार कर सोने वाला कब सोचता है कि शायद कोई भूख से तड़प तड़प कर रात काट रहा हो। पर कोई इतना भी नहीं सोचता कि प्रकृति की दृष्टी मे इतना धोर अन्याय क्यो। संभव था रंजना विचारों से चौकती नहीं अगर कैलाश बाबू गरज कर न कह रहे होते।

"रे! भिखारी बाहर जाओ। यहां भीख वीख कुछ नहीं मिलेगी"

"उन्हे गाने दिजिये! देखिये न कितने कम उमर की लड़की कितना अच्छा गा रही है। कितना मीठा गला है इसका। घमंड का वह उतावला पुतला एकदम संगीत का पुजारी बन गया।

"वाकई अच्छा गा रही है" ऐ लड़की गाये जा।

"लड़की ने फिर गाना शुरू किया।

"जीवन चार दिनो का मेला,

सब सपनो की माया।

खाक मे मिल जायेगी एक दिन,

कंचन की यह काया रे।

काहे मन भरमाये रे।

दोनो कुछ देर तक वहीं खड़े रहे। रंजना विचारों की तन्द्रा मे डूबी थी। कैलाश बाबू सिगरेट का दम खीच रहे थे। भिखारीयों ने गाना खत्म किया और माथे पर हाथ रखकर भीख मांगी। रंजना ने भीख दे दी। कैलाश ने भी एक रूपये का सिक्का निकालकर उनकी ओर ऊछाला भीखारीयो को उम्मीद से ज्यादा भीख मिली वे खुश हो गये। यह तो रंजना समझ गयी कि कैलाश ने उसको खुश करने के लिये ज्यादा पैसे दिये पर इस विचार से कुछ कहा नहीं कि चलो उनका पेट तो भरेगा। उस दिन की दोनो घटनाओं ने कैलाश को रंजना के मन से बिल्कुल उतार दिया था।

सातवां अध्याय

चुनाव के दिन निकट आ रहे थे। सुरेन और कैलाश दोनो की जान तोड़ मेहनत करने पर भी क्लब के बहुत ही कम मेंबर विजय बाबू को वोट देने पर राजी थे, और उनका भी कोई भरोसा नहीं था। हार स्पष्ट थी। दूसरे दिन चुनाव होने वाला था। विजय बाबू अच्छी तरह जानते थे कि कैलाश के वे साथी ज़िनकी दोस्ती का उसे इतना गर्व था कहां तक उसका साथ दे सकतें थे। चुनाव मे लड़ना बेकार था। हार जाने से तो न खडा रहना ही मुनासिब समझ कर विजय बाबू ने प्रवेश पत्र वापिस ले लिया। चुनाव खत्म हुए तो कई दिन बीत गये पर शर्म के मारे कैलाश बाबू विजय के पास न आये। इसके अलावा रंजना के प्रति उस दिन की घटना चोर की तरह उसके दिल मे समाई हुई थी। रह रह कर सोचते कि संभव है कि रंजना ने सारी बातें विजय बाबू से कह दी हो। विजय बाबू ने कई दिन कैलाश का इंतजार किया। सुरेन्द्र से यह भी पता चला कि कैलाश कई दिनो से क्लब भी नहीं जा रहा। कालिज जाते समय सुरेन्द्र आज थोड़ी देर को कैलाश की कोठी पर रुक गया। विजय ने उस दिन उसे चाय पर बुलाया था। चार बजे के करीब कैलाश बाबू आये पहले की तरह आज उनकी वह मस्तानी चाल नहीं थी। चुलबुलापन और बेतुकी बातें तो दूर रही उस दिन चेहरे पर भी गंभीरता टपक रही थी। चाय पीते पीते बात छेड़ते हुए विजय ने पूछा।

“कई दिन से आये क्यूँ नहीं”

“यों ही ज़रा तबियत ठीक नहीं थी और फिर नई मिल मे काम से फुर्सत ही नहीं मिली फिर ये भी सोच रहा था कि शायद आप नाराज हो।”

“मै और नाराज, वो भी कैलाश तुमसे, तुम अच्छी तरह जानते हो कि मैने तुममे और सुरेन्द्र मे कोई भेद नहीं समझा। अगर तुमसे कोई गलती हो भी जाये तो प्यार से समझा देता नाराज क्यूँ होता। हाँ! एक बात का दुख ज़रूर है कि काफी बड़े होकर भी तुम दुनिया को पहचान सके। दोस्त और दुश्मन मे क्या फर्क है यह तुम अभी तक नहीं समझे। यह सब अब तुमको समझना चाहिये। अपने निजी फायदे के लिये कौन तुम जैसे आदमी को दोस्त न बनाना चाहेगा। पर किस दर्जे तक तुमको ऐसी दोस्ती निभानी है यह सोचना तुम्हारा फर्ज है। आखिरकार कितने दिनो तक ये बचपना रहेगा। तुम अब घर गृहस्थ होने के अलावा एक ज़िम्मेदार व्यापारी भी हो। हो सकता है कि वही दोस्त ज़िनकी दोस्ती पर तुमको इतना गर्व है तुम्हारे जीवन की सफलता मे धुन का काम कर रहे हो ऐसे कीडों को तुम्हे मार देना चाहिये।

आज नहीं तो कल तुम्हारे सारे व्यापार की ज़िम्मेदारी तुम पर ही होगी। भार सम्भालने के लिये तुम्हारे कंधे काफी मजबूत होने चाहिये। कैलाश चुपचाप सब कुछ सुनते रहे। किसी प्रकार का उत्तर देने की कोई जगह शेष न थी। कितनी प्यार भरी शिक्षाप्रद थी वह विजय बाबू की प्यार भरी बातें पर भगवान जाने कैलाश बाबू की समझ मे कुछ बैठा या नहीं। द्वार पर किसी के खटखटाने की आवाज हुई रंजना बाहर देखने आयी पोस्ट मैन तार लाया था। दस्तखत कर रंजना ने तार खोल कर पढ़ा तो खुशी से नाच उठी। विजय भईया का आई. ए .एस. में सलेक्शन हो गया था। कितनी खुशी थी रंजना का, उसकी आँखो मे कितना उन्माद था। तार भईया को देकर दौड़ी दौड़ी माँ के पास आयी।

“माँ माँ! दरवाजे से पर्दा हटाकर देखा! माँ पड़ी सो रही थी। एक बार माँ को झिझोंड़ ड़ाला।

“माँ भईया पास हो गये। तार आया है।” सारे घर मे खुशी छा गयी। नौकर चाकर सभी खुश। माँ भी विजू को मुबारकवाद देने आयी। कैलाश वहीं बैठा था। काफी वक्त हंसी खुशी मे कट गया। कैलाश बाबू चलने लगे तो माँ ने रोकते हुए कहा।

“अरे! कैलाश ऐसे कैसे जायेगा। मुँह तो मीठा कर ले।” नौकर मिठाई लेने गया है। कैलाश बाबू फिर बैठ गये।

“माँ खाली मिठाई से काम नहीं चलेगा शानदार पार्टी होनी चाहिये।”

“पार्टी एक नहीं दस ले अब तो मेरा विजू एस..... में पास हो गया। रंजना

खिलखिला कर हंस पड़ी।

"माँ ऐस नहीं आई आई.ए.एस"

"अरे! मै क्या समझूँ तेरी गिटपिट"

सुरेन भी कालिज से आ गया था। गाडी पोर्च मे खडी ही की थी कि देवा मिठाई की टोकरी साइकिल पर लटकाये आ रहा था,वही रुक गया।

"यह क्या लाया है देवा"

"मिठाई छोटे मालिक"

"हाँ हाँ पर किसके लिये" देवा को बड़ा ताज्जुब हुआ आपको नहीं मालूम छोटे सरकार। बड़े मालिक पास हो गये। तार आया है। पास होने का नाम सुनना था कि सुरेन्द्र का साया देखना भी मुश्किल हो गया। फौरन भैया के पास आया। माँ, भईया और रंजना सभी थे। खुशी मे एक खुशी और बढ़ गयी। देवा प्लेटों मे मिठाईयाँ सजा कर ले आया। खा पीकर कैलाश बाबू चलने लगे। बाबू रमाशंकर और देवी बाबू को ये जो खुशखबरी सुनानी थी।

"अच्छा भैया! अब चलूँगा! घर पहुंचते ही फोन पर सबको इत्तिला कर दूँगा। हाँ माँ! पार्टी की बात भूलना मत। ज़िसने यह खबर सुनी उसकी खुशी का ठिकाना न रहा। शाम तक विजय रमाशंकर और देवी बाबू के वहां भी हो आया। इष्ट-मित्र, परीचित -जन विजय से मिलने आये। क्लब के मुख्य कार्यकर्ताओं को भी विजय बाबू की दोस्ती का अभिमान होना आवश्यक था। क्लब की ओर से मुबारकवाद देने के उपलक्ष्य मे विजय को एक शानदार पार्टी दी गई। स्टेज पर खड़े होकर क्या लम्बी चौड़ी स्पीच झाड़ी विजय ने। मेम्बरों ने तो फूलों के हार से विजय को लाद दिया। तालियों की गूंजती आवाज के बीच विजय ने लोगों का शुक्रिया अदा करते हुए कहा ....

"मेरी ये कामयाबी आप सब लोगों के शुक्रिया का ही प्रतिफल है। आप लोगों के संपर्क का मुझे सदा गर्व रहेगा।" इस पार्टी मे आये हुए अवसरवादी दोस्तों की दशा विशेष कर उल्लेखनीय थी। टाई और कालर ठीक करते हुए उनका उस चाव से बैठना, उनके चेहरे पर नाचती हुई वह शोखी अन्य लोगों को यह समझाने का इशारा थी कि उनमे और विजय बाबू मे कितनी घनिष्ठता हो पर शायद विजय बाबू उन लोगों से परिचित भी न थे। स्पीच अभी जारी थी। अंत मे विजय बाबू ने सभी का शुक्रिया अदा किया। क्लब के बुजूर्ग मेंबरों ने आशीर्वाद दिया और साथियों ने मुबारकवाद दी। वह अपरिचित वक्ती दोस्त कार तक विजय को छोड़ने आये। विजय के घर पार्टी का पूरा इंतजाम रंजना के पास था। फिजूल की सजधज और ठाठ बाट न होने पर भी पार्टी मामूली नहीं थी।

प्रातः काल अनाथ आश्रम के बच्चो को खाना खिलाया गया। सुबह से शाम तक दरिद्रो और भिखारियों का तांता लगा रहा। सबने जी खोलकर खाया। शाम की पार्टी मधुर संगीत और मनोहर नृत्य के साथ समाप्त हो गई। कई दिन इसी हंसी खुशी मे बीत गये। देहरादून से रंजना के सर्टीफिकेट भी आ गये थे और उसने भी महिला कालेज मे दाखिला ले लिया था। एक दो दिन मे विजय भी नौकरी का चार्ज लेने वाले थे। कितना अच्छा हुआ कि प्रांतीय सरकार ने लखनऊ मे ही ट्रेनिंग लेने की आज्ञा दी घर के घर मे ही रहे। सबके जीवन की राह नियत हो गयी। सुबह रंजना और सुरेन्द्र कालिज चले जाते। दस बजने से पहले विजय भी आफिस पहुँच जाते। बिचारी माँ घर के कामकाज और पड़ोसिनो मे दिन गुजार देती। इसी तरह कुछ महीने बीत गये। कालिज मे रंजना की सहेलियां बन गयी बहुत जल्दी वह सभी की चहेती बन गयी। प्रत्येक के जीवन मे परिवर्तन हुआ।

रमाशंकर बाबू इधर कई महीनों से बराबर बीमार चले आ रहे थे। कई बड़े बड़े डॉक्टरों का इलाज करा चुके थे पर फायदा नजर नहीं आ रहा था। हालत दिन पर दिन गिरती ही जा रही थी। थके हुए शरीर की ताकत बीमारी से और भी कम हो गयी थी। दुनिया पूरी तरह देख चुके थे और अधिक जीवित रहने की लालसा भी न थी। केवल एक ही चिन्ता उन्हे खाये जा रही थी कि उनके बाद कैलाश कारोबार संभाल भी सकेगा या नहीं पिछले कई दिनो से खाना पीना बिल्कुल बन्द हो चुका था। केवल फलों के रस पर ही दिन गुजार रहे थे। इस तरह गाडी आखिर कब तक खिचती। बीमारी के इन दिनो मे विजय अक्सर काफी देर रमा बाबू के पास बैठे रहते। आज भी दफ्तर से उठकर सीधा वही चले गये थे। बिस्तर पर पड़े पड़े रमा बाबू की शक्ल ही बदल गयी थी विजय को आया देखकर उत्साह को समेट कर उठ बैठे। मुख पर कुछ प्रसन्नता की झलक उठी। कुर्सी पर बैठते हुए विजय ने कहा-

"आज तो आपकी तबियत काफी अच्छी है बाबू जी"

रमा बाबू मुस्करा दिये।

"अरे! विजय अब अच्छा होकर क्या करूंगा।"

कहते कहते गला भर्रा उठा।

"आप बेकार घबराते है बाबू जी"

"नहीं बेटा मै मरने से नहीं डरता। आखिर एक ने एक दिन सबको जाना ही है। धरती का भार सदा ऐसे ही थोडे बना रहूँगा। बस एक चिन्ता खाये जा रही है। कैलाश का हाल तो तुम जानते ही हो। यहीं सोच रहा हूँ कि मेरे मरने के बाद उसकी मति किस

ओर फिरे। इतना बड़ा कारोबार पता नहीं संभाल सकेगा या नहीं और इन सबसे बढ़ कर उसकी पत्नी का ध्यान आते ही मन दुखी हो उठता है। न जाने बिचारी पर क्या बीते। उसने हमारे घर सुख की एक रात भी न गुजारी। कौन उसकी परवाह

करेगा।" विजय बाबू से ये बातें छुपी न थी। रमा बाबू के विचार ठीक ही थे। फिर भी बात के जोर को कम करते हुए बोले।

"मेरा ख्याल है। बाबू जी वक्त के बोझ से सबके कांधे झुक जाते है।

"मगर यदि विजय कोई फर्ज की ज़िम्मेदारी न महसूस करे तो।"

"तो भी आप चिन्ता न करे। अव्वल तो ऐसा कुछ होता नहीं और यदि परमात्मा करे ऐसा कुछ हो भी गया तो मै जो हूँ। रमाशंकर बाबू के दिल से मानो किसी ने भारी बोझ उतार दिया हो। संतोष की एक हल्की साँस ले करवट फिर लेट गये। कैलाश बाबू क्लब जाने के लिये तैयार होकर नीचे आये। बाबू जी का साधारण तया हाल पूछ कर चल दिये। तत्पश्चात विजय भी उठ खड़े हुए।

"जाते हो विजय! मौका हो तो खा पीकर यहीं आ जाना। जाने मेरी तबियत कैसी हो रही है। कुछ देर तुमसे बात करके मन को शांती मिलती है।

"अच्छी बात है बाबू जी"रात तक वापिस आ जाऊंगा। घर आकर विजय ने कपड़े बदले। रंजना खाना परोस कर ले आयी। खाते समय माँ भी आ गयी।

"रे विजू कैसे है रमा बाबू"

"माँ उनमे कुछ बाकी न रहा। बस यों समझ लो कि ज़िन्दगी की ज़ितनी घडियां काटनी थी काट रहे है। । मुझे तो शक है के आज की रात सही सलामत गुजर सके। माँ ऐसी औलाद किस काम की। मुझे बड़ा दुख हुआ कैलाश की पत्नी की दशा देख कर "खैर!"

माँ भी दुखी हो गयी। कैलाश को मै ऐसा नहीं समझती थी। रंजना ने भी सब कुछ सुना। कैलाश को वह पहले ही समझ चुकी थी। अब उसे कैलाश से नफरत हो चुकी थी। रात हो आयी थी विजय बाबू रमा बाबू के घर चले गये। पलंग का सहारा लेकर विजय की पत्नी अकेली खडी थी। विजय को देख कर घूंघट नीचे कर लिया। पास पड़ी कुर्सीपर विजय बैठ गये। कुछ देर रमा बाबू बात करते रहे पर कमजोरी के कारण थकावट महसूस हो रही थी। आँख मुंदते ही रमा बाबू गाफिल हो गये। विजय भी रात भर वहीं ठहर गया। बारह घंटे की वह रात तिमारदारों को काटनी पहाड़ हो गयी। कैलाश की पत्नी वहीं ज़मीन पर बैठ गयी। विजय को नींद नहीं आयी। कैलाश बाबू थोडी देर बाद सोने चले गये। तीसरे पहर रमा बाबू के हाथ पैर ठंडे पड़ने लगे। उंगलियों के नाखून से

नीला पन झलकने लगा। आँखे गढ़ढ़े मे धंस कर बन्द हो गयी। कैलाश की पत्नी चम्मच से धीरे धीरे गंगाजल ड़ाल रही थी। पर पानी गले से उतर नहीं रहा था। डॉक्टर को फोन किया पर आते आते देर लगी। हालत बिल्कुल बिगड चुकी थी। कैलाश को जगाया गया। कैलाश ने बाबू जी को पुकारा पर आँखे न खुल सकी कुछ बोलना चाहा पर बोल नहीं पाये। विजय और कैलाश ने मिलकर उस अस्थिपंजर को ज़मीन पर लिटा दिया। एक दो साँस के बाद रमा बाबू सर्वदा के लिये गहरी नींद मे सो गये। यह थी रामाशंकर बाबू के जीवन की आखिरी मंजिल।

आठवां अध्याय

संसार चक्र की चाल मे समय बराबर बीतता रहा। रोज उसी तरह सुबह होती। शाम को दिन ढ़लता, रात होती और एक दिन कट जाता। अपने अपने नियमित मार्गों पर चलते हुए प्राणियों को कुछ पता ही न लग सका और एक लम्बा अरसा बीत गया। देश मे चारों ओर राजनीतिक वातावरण बदल चुका था। सब तरफ से विकास हो रहा था। दुरभाग्य का बादल देश पर से धीरे धीरे छँट रहा था। ज़माना करवट ले रहा था। स्वतंत्रता के पश्चात नेतागण अपनी मंजिल से काफी दूर निकल गये थे। इतना कुछ होने पर भी मजदूर और किसानो की हालत मे कोई सुधार नहीं आया था। महँगाई के बोझ से दबे किसानो की कमर टूट चुकी थी। किसान और उनके बच्चे पेट की रोटी के लिये तरसा करते थे क्या समय की अनोखी परिस्थिति थी। शरीर के पसीने से धरती सीच कर बेचारे खेतों मे बीज बोते खेतों मे सावन भादों की वर्षा होती। बीज मे अंकुर फूटते। पौधा बड़ा होता और फिर लहलहातें खेतों को देखकर किसान फूला न समाता। खेत की बालियां पकती और किसान सोचता कि अब फसल काटने का वक्त कब आयेगा और ऐसे मे पड़ जाता था सूखा। प्रकृति का ये कैसा इंसाफ था। जो थोड़ा बहुत अनाज होता तो अमीर आ जाते अपना हक जताने

चोटी पर इंसान कहलाने का दावा करते। संपत्ति के घमंड मे उस सारी अमीर जाति को लोक और परलोक दोनो ही भूल जाते। दिन रात, नाच रंग और शराब की

बोतलों मे उनका जीवन होता! गरीब किसानों मे इतनी हिम्मत ही कहां कि कुछ आवाज तक उठा सकते। सहमे हुए दिल पेट की आग और चिंताओं से झुलसे हुए शरीर पर सारे जुल्म सहतें।

देश मे दुर्भिक्ष ने गहरे पंजे गड़ा रखे थे। मजदूर और किसान भूखे मरने लगे थे। वर्षा के दिन बिना पानी के छीटें के ही बीत गये। कोसों तक धरती ऊसर नजर आती। कभी पानी से भरे लबालब नदी और तालाबों मे अब सूखी रेत ही उडती फिरती। मीलों तक जानवर चरने की लालसा से सर झुकाये चला जाता था पर कहीं घास का तिनका तक नसीब नहीं होता। धरती कहीं कहीं कड़ी धूप से चटक गयी थी। ज़िन पर पड़ी हुई जानवरों की लाश सड़ती रहती। चील, गिद्ध उनके शरीर से मांस नोच नोच कर खाते। इस तरह उनके पेट की आग तो कम से कम बुझ ही जाती। वृक्षों पर हरियाली का नामो निशान तक न था। सूखे पत्ते खड़खडा कर गिरते और लू मे उड जाते। पक्षियों ने वृक्षों की डालियों पर से अपना बसेरा हटा लिया था। गरम लू मे उड़ते उड़ते पक्षी जब थक जाते नीचे धरती पर गिरकर दम तोड देते। कितना भयंकर प्रकृति का प्रकोप हो रहा था। महामारी पीछा न छोड़ती थी। कोई घर ऐसा न बचा था। जहां पर कोई प्राणी मौत का ग्रास न बना हो। ब्राहमण और मन्दिरों के पुजारी दिन रात पत्थर की मूर्ती के सर पर टंगे घंटे बजाते। बलि पर बलि दी जा रही थी। पर देवता नींद से जागें तब ना। इतना कुछ होने पर अमीरों के ठाठ बाट मे कोई क्मी नहीं थी। गोदाम के गोदाम अनाज से भरे थे। काला बाजार जोरों से चल रहा था। मिल के भूखे नंगे मजदूर यदि कभी मालिकों तक पहुचने का साहस भी करते तो बेचारे झिड़क दिये जाते। भूखे पेट यदि कोई मजदूर अपना काम पूरा नहीं कर पाता तो उसे नौकरी से जवाब दे दिया जाता। मरते की कमर पर एक लात और पडती बेचारे सर झुकाये सब जुल्म सहन कर लेते। मालिक को नौकर के भूखे नंगे पेट से भला क्या मतलब। दौलत के वह उपासक चांदी और सोने से भरी तिजोरियों पर पालथी मार कर काले नाग की तरह फुफकारा करते। प्राणी नीचता से गिर रहे थे।

विजय बाबू खाद्य विभाग से सम्बांधित अफसर होने की हैसियत से दिन रात जी तोड़ मेहनत कर रहे थे पर स्थिति काबू मे आ ही नहीं रही थी। और अगर आती भी तो क्या, सरकारी अमलदारी थी कागज के घोड़े छोड़ाते और रुक जाते। इसके अलावा किसी को परवाह ही क्या थी, जो इन बातों की ओर ध्यान देते। उन सबके पेट भरे थे। मजदूर और किसानो की सभायें होना शुरू हुई। मिल के मालिकों ने हडतालों के डर से अपने कारखाने बन्द कर दिये। अनेको मिल मजदूर बेरोजगार हो गये। किसानो की हालत का तो कहना ही क्या? मजदूर और किसानो का संगठन बड़ी फूर्ती से रोका जा रहा था। हर प्रयत्न आयोग मे थे। पुलिस और सरकारी अफसरों के जुल्म का ठिकाना

ही क्या। हरेक अपना ही घर भर लेने की फिक्र मे थे आखिरकार कुछ नवयुवकों ने की कुर्बानी से मजदूर संध की स्थापना हुई। सभायें होती रही। यह फैसला किया गया कि एक लम्बा जलूस हजरतगंज सेक्रीटेरियट पर ले जाया जाये। मिल मालिकों से मांगें पूरी कराने मे मजदूर संध नाकामयाब हो चुका था हजारों की तादाद मे मिल के मजदूर और किसानों का जुलूस चला। शहर मे दफा १४४ लगा दी गई। पुलिस ने जुलूस रोकने का भरसक प्रयत्न किया पर जुलूस आगे बढ़ता गया। उनके नारों की भीषण आवाज व्योम मे गूंजती रही। "मिल मालिक मुर्दाबाद मुर्दाबाद.........हमारी मांगें पूरी हो" इत्यादी इत्यादी। कई चौराहों से होता हुआ जुलूस विजय बाबू की कोठी के आगे रुक गया। उन्ही नारों के साथ साथ "विजय बाबू मुर्दाबाद" का नारा भी प्रत्येक की जबान पर था। रंजना के कानों मे आवाज पड़ी तो वो दंग रह गयी। विजय भैया के खिलाफ आज देश की आवाज, लोग उन्हे गलत क्यूँ समझ रहे। रंजना के कानो को सुनने की ताब न रही। कोठी के सारे दरवाजे बन्द थे। चौकीदार न जाने कहां डर कर दुबक गया था। रंजना को याद आया "सेवा और कर्तव्य" हृदय मे साहस सा प्रतीत हुआ। माँ को डर के मारे पसीने आ रहे थे। रंजना दरवाजा खोलकर बाहर आ गई। दहलतें हुए दिल को थामे माँ ने रोका भी।

"रंजू कहां आग मे कूदने जा रही है, लौट आ मेरी बेटी" पर रंजना ने मानो सुना अनसुना कर दिया और बाहर जुलूस की ओर चल बढ़ी।

"माँ चिन्ता मत कर मै चली मानव जाति की सेवा करने" रंजना जुलूस के साथ हो चली। अमींनाबाद पार्क मे मजदूर और किसानों की विराट सभा हुई। राष्ट्रीय झंडे के नीचे रंजना ने मानव जाति की निरंतर सेवा करने की सौगंध खाई।

"रंजना देवी ज़िन्दाबाद" के नारे और तालियों की व्योम विदारक आवाज मे रंजना अपने विचार प्रकट कर रही थी। पुलिस की गाड़ियाँ आ चुकी थी। रंजना का भाषण उसी तरह जारी था। पुलिस ने मजमा तितर बितर करने के लिये बेदर्दी से लाठियां चलाई। भीड छटना शुरू हो गई। सभा विध्वंस हो गयी। अन्य बेगुनाहों के साथ साथ रंजना को भी सख्त चोटें आयीं। रंजना बेहोश हो गयी। कुछ लोग उसे उठाकर मेडिकल कालिज ले गये। वह था उसके जीवन मे सेवा पथ पर पहला कदम। उसकी जबान से निकले हुए एक एक शब्द ने मजदूर और किसानों के दिलों मे एक ज्वाला सी फूँक दी। आन की आन मे सारी बातें विजय को मालूम हुई। फौरन अस्पताल आये। रंजना अब भी अचेत थी। उसके सिर पर भईया के प्यार का हाथ पड़ा। उसे चेतना आयी और आँखे खोली।

"भईया"

"चिंतित ना हो रंजने! तुमने वही किया जो मै चाहता था। मुझे गर्व है कि तुमने

जीवन मे सेवा की सच्ची राह पहचानी।" विजय रंजना को घर ले आया थोडे दिन की सेवा सुश्रुषा के बाद रंजना अच्छी हो चली। पर मजदूर और किसानों की हालत वैसे ही बिगडी रही। वगैर नेतृत्व के कोई संस्था चले भी तो कैसे। एक बार फिर विजय की कोठी पर किसानों-मजदूरो का जुलूस आया पर इस बार उनकी जबान पर नये नारे विजय और रंजना को मान देने आये थे। रंजना ने अच्छी होकर मजदूर यूनियन का काम अपने हाथों मे ले लिया। रंजना को मिली एक सच्ची राह और मजदूरों को मिला एक सच्चा नेता। रंजना को इस पथ पर चलते हुए काफी कष्ट उठाने पड़े। कड़ी मेहनत के बाद मजदूर संघ मे नवजीवन का संचार हुआ मजदूर और किसानों के संगठन मे प्रेम और सेवा की पक्की गांठ लगी। खून के छीटों से रखी हुई मजदूर संघ की नीव बहुत मजबूत थी। संस्था लक्षय कीओर आगे बढ़ती ही गई। मजदूर संघ की कार्यवाही से मिल के मालिक भी घबरा उठे थे। बन्द पड़ी मिलों का खुलना तो दूर की बात बहुत सी मिलों मे मजदूरों ने हड़ताल शुरू कर दी। मजदूर संघ मालिकों के लिये एक कांटा हो गया। ज़िसे तोड कर सब फेक देना चाहते थे। पर कर्तव्य के मार्ग पर चलने वालों को मौत की कहां परवाह। लोग निडर हो गये। रोज सभायें होती भाषण होते। दुखों के बोझ से दबे हुए जीर्ण मजदूरों और किसानों के शरीर मे साहस का संचार हो रहा था। वह अपने हक को लड़कर हासिल करना सीख गये थे। पुलिस की निगरानी रंजना पर बराबर थी। इधर विजय पर भी ऊँचे अफसर तरह तरह के शक करने लगे थे।

नौवां अध्याय

कालिजों मे इम्तहान हो चुके थे। छात्र अपने अपने परिक्षाफल का इंतेजार कर रहे थे। पढ़ाई के इन छः महीनों मे रंजना का कई लड़कियों से काफी मेलजोल हो गया था। प्रायः सभी बड़े घर की थी। यों तो सभी सहेलियों से मित्रता बराबर ही थी। पर सबसे अधिक स्नेह उसे रूपाली से था। गरीब घर की लड़की फैशन से बहुत दूर बिचारी मेहनत से पढ़ रही थी। नाम के अनुरूप अदभूत रूप लावन्य की स्वामिनी थी वह। पढ़ाई की अन्य सुविधाओं की बात तो दूर रही फीस के भी पैसे पूरे न पड़ते थे। रूपाली के पिता न्यू इंडिया मिल्स मे मामुली वेतन पर टाईमकीपर थे। गिनेगिनाये वेतन के अस्सी रूपये मिलते थे। उससे बच्चों की पढ़ाई तो दूर घर का खर्चा चलाना भी मुश्किल था। रूपाली ने शहर मे एक दो टयूशने भी कर रखी थी। कालिज मे आधी फीस माफ थी। फिर भी दिन दुख मे ही काट रही थी। पढ़ने का इतना शौक था कि मुसीबत उसे मुसीबत मालूम नहीं होती थी। रंजना से उसे भी बहुत प्रेम था। और कोई लड़की तो निजी ठाठ बाट के आगे उसकी दीन दशा देखकर उससे बात करना भी पसंद नहीं करती थी। पर रंजना किताब कापियों की मदद के अतिरिक्त कभी कभी कुछ आर्थिक मदद भी कर देती थी। अभी सालाना इम्तहान से पहिले अगर रंजना रूपा की फीस न भर देती तो शायद उसकी साल भर की करी कराई मेहनत मिट्टी मे मिल जाती। दोनो का इतना हेलमेल और लड़कियों मे द्वेश का कारण बन जाता पर उन्हे क्या मालूम कि वे दोनो ही गरीब

थी। एक स्वभाव की तो दूसरी पैसे की। रूपाली जवान और सुन्दर थी। नाम के अनुसार रूपवती। मामूली सादे कपड़ों मे भी उसका रूप चांद सा निखर रहा था। सोलह पार सत्रह वर्ष की युवती, पर दुखों के कारण मुख सदा मुरझाया रहता था। परीक्षा के दिनो मे रूपा रंजना की कुछ किताबें ले आयी थी। कई बार सोचा दे आये। पर मौका ही न मिला था। जाने की सोच मे कई दिन और निकल गये। कालिज का नतीजा भी निकल आया था। रंजना और रूपा दोनो पास हो गयी थी। रूपा किताबें वापस करने गई। पहले भी कई बार रूपा रंजना के घर जा चुकी थी। बिचारी की दीनदशा देखकर रंजना की माँ को भी उससे सहानुभूती हो गई थी। एकाएक रूपा को आया देख रंजना को भी ताज्जुब हुआ।

“अरी रूपा! तू कैसे आयी”

“आई तो पैदल हूँ” दोनो खिलखिला कर हंस पड़ी।

“अच्छा चल कमरे मे बैठ” रंजना ने किताबें नौकर को दे दी। दोनो कमरे मे आई सोफे पर बैठते हुए रूपा ने कहा।

“बहन अगर तुम मेरी मदद नहीं करती तो न जाने क्या हो जाता। रंजना मै तुम्हारा उपकार ज़िन्दगी भर नहीं भुलूँगी। रंजना मुस्करा दी।”

अच्छा तो शुक्रिया अदा करने आयी हो“पर रूपा वह मनुष्य ही क्या जो किसी के काम नहीं आये। खैर! छोड़ो इन बातों को। अब बता तेरा क्या करने का ईरदा है।

“गरीब का इरादा ही क्या। मेरी तो वह नौका है जो समुद्र मे हवा के ईशारे पर चलती है थपेड़े लगी और आगे बढ़ गई तूफान आया तो किस्मत ने लंगर डाल दिये। हां! वक्त गुजारी के लिये एक नौकरी मिलने वाली है उम्मीद है दो महीने की छुटटीयों मे दो तीन सौ रूपये कमा लूँगी कि फिर कालिज मे नाम लिखा सकूँ। इसके आगे क्या होगा मुझे क्या मालूम। जो दोनो ट्युशने थी तो बच्चे पहाड पर जाने वाले है अब देखो जुलाई मे कौन सा नया कुआं खोद कर पानी पीना पड़ता है। नौकरी की बात सुनकर रंजना को कुछ खुशी हुई।

“पर नौकरी कहां है”

“न्यू इंडिया मिल्स के आफिस मे एक रिसेप्शनिस्ट की जगह खाली है। वह लोग कोई लेडी चाहते है। कल मैनेज़र से इंटेरव्यू है। मै एक अकेली उम्मीदवार हूँ आशा है हो जाऊँगी। तनख्वाह तो खैर सौ रूपये मिलेगी पर तीन महिने मे तीन सौ हो जायेंगे। रंजना को ध्यान हो आया कि न्यू इंडिया मिल्स कैलाश की थी फिर भी बात पक्की करने के लिये उसने उत्सुकता से पूछा।

"मिल के मालिक कौन है"

"कोई कैलाश बाबू है। सुना है बहुत भले आदमी है"

"सो तो ठीक है यदि कैलाश बाबू भले आदमी होते तो तू अकेली उम्मीदवार क्यो होती?

रंजना के मुख पर चिन्ता झलक उठी। वह कैलाश की अच्छाईओं से पूरी तरह वाकिफ थी। रूपा को ऐसा प्रतीत हुआ मानो रंजना कैलाश बाबू से भली भांति परिचित है। शायद सिफारिश भी कर सके पर आवश्यकता यू न समझी क्योकी वही तो अकेली उम्मीदवार थी।

"रंजना ऐसा प्रतीत होती, जैसे तुम मेरी नौकरी की बात सुनकर प्रसन्न नहीं हुई। "

यह बात नहीं है रूपा, पर तुमने अपने पिता जी से तो पूछ लिया ना उनकी क्या राय है। सच तो ये है कि मर्द जाति का कुछ ऐतबार नहीं। ज़रा देखभाल कर काम कीजो। कहीं ऐसा न हो नौकरी करते करते तुम्हे मालकिन ही न बनना पड़ जाये। तुम्हारा तो कुछ बिगड़ेगा नहीं। मेरी सहेली मुझसे ज़रूर छूट जायेगी।

"चलो रंजना तुम भी अजीब हो। मै मालकिन बन जाऊँ ये भला मुमकिन है। इस लिहाज से भगवान ने मुझे शक्ल सूरत भी नहीं दी कि कोई मुझ पर रीझ सके।"

रूपा तू नहीं जानती। शीशे मे सब अपना रूप देखते है पर शीशा किसी का रूप नहीं देखता। तुम क्या हो ये दूसरे ही परख सकतें है, तुम खुद नहीं और जब मुकाबला उस मर्द जात से हो जो सामने चलती हुई किसी भी लड़की की केवल बल खाती हुई दो चोटियों पर ही दिल फेंक देते है और दोनो खिलखिलाकर हंस पड़ी।

रूपा ने मिल मे नौकरी कर ली। दफ्तर मे काम घाम तो कुछ था ही नहीं। दिन भर नाविलों मे वक्त क्टता। शाम होते ही घर वापिस चली जाती। कभी कभी मैनेजर साहब ज़रूरत पड़ने पर उससे थोड़ा बहुत आफिस का काम करा लेते थे। इसी तरह दो महीने बीत गये। रूपा को कालिज मे फिर से नाम लिखाना था। कालिज खुलने के दिन निकट आ रहे थे। कई दिन पहले ही उसने नौकरी से इस्तीफा देने का नोटिस दे दिया। सुबह ही सुबह दफ्तर पहुंची ही थी कि चपरासी ने सलाम किया और बताया कि मिल के मालिक ने उसे बुलाया है। दो महीने की नौकरी के बाद मिल के मालिक से रूबरू होने का अवसर मिला था। रूपा चपरासी के साथ हो ली। चपरासी ने दरवाजा खोल दिया। क्या शान थी आफिस की बीच कमरे मे पड़ी प्रोप्राइटर साहब काम मे मशगूल थे। रूपा को देख कर बैठने का इशारा करते हुए कुछ लिखने लगे। रूपा कुर्सी पर बैठ गयी। उसी

तरह खामोश बैठे हुए काफी समय निकल गया। कैलाश बाबू ने लिखना बन्द किया और सिगरेट सुलगाते हुए रूपा की ओर देखकर बोला।

"यस मिस रूपा! क्या मै जान सकता हूँ कि आप नौकरी से इस्तीफा क्यो देना चाहती है।

क्या आपको यहां कोई तकलीफ है, मुमकिन है कि आप तनख्वाह कम होने की वजह से नौकरी छोडरही हों। इस हालत मे मै आपका वेतन बढ़ा भी सकता हूँ, लेकिन आपका इस तरह बीच मे काम छौड़कर जाना मुनासिब प्रतीत नहीं होता। इसके अलावा कहीं न कहीं तो आपको काम करना ही होगा तो फिर यहीं क्यूँ नहीं या और कोई खास वजह। रूपा ने महसूस किया कि नौकरी छोडजाने का मतलब था मालिक के लिये किसी और को उतनी ही देर काम सिखाना किवह काम ठीक तरह से संभाल सके। परंतु उसे कालिज मे नाम लिखाना था वह मजबूर थी। रूपा कह उठी।

"जी हम लोग बहुत गरीब आदमी है। मेरे पिता की तनख्वाह मे घर का खर्च चलना ही बड़ा मुश्किल होता है। तिसपर सभी भाई बहनों की पढ़ाई का बोझ अलग है इसलिये मैने नौकरी कर ली थी। कम से कम कालिज खुलने पर नाम लिखाने मे पैसों की तंगी तो न होगी।"

कैलाश बाबू सब कुछ जानते हुए भी मानो अंजान बन गये है जैसे उन्हे कुछ मालूम ही न हो।

"क्या करते है आपके पिता जी"

"जी मेरे पिता जी इसी मिल मे टाइमकीपर है"

"इसी मिल मे" चौकने का अभिनय गजब था। और ड्राज से कर्मचारियों का हाजीरी रजिस्टर निकाला। अरे! उन्हे तो केवल ८० रु मिलते है। सचमुच वे आप लोग की पढ़ाई का खर्चा कैसे उठा सकतें है।

"जी इस नौकरी से पहले मेरे पास दो ट्यूशने थी। पढ़ाई का खर्चा उससे चल जाता था।"

"तो भी आप नौकरी छोडरही है। आखिर बाहर निकल कर तो आपको कुछ न कुछ तो करना ही है और फिर कुछ महीनो तक तो आपका कालिज सुबह का होगा। आप चाहें तो दोनो काम साथ साथ कर सकती है। सुबह कालिज अटेंड कर के आप ११ वजे तक मिल आ सकती है। मेरे कहने का कोई खास मतलब नहीं है। आप न सही कोई दूसरा, ज़िसे पैसे मिलेंगे वही काम करेगा। लेकिन उतना ही वक्त मुझे दूसरे को काम सिखाने मे लगेगा। इस तरह दूसरे को काम सिखाने से मै बच जाऊंगा। साथ ही आपकी

आर्थिक परेशानी दूर हो जायेगी। हो सकता है कि जब तक आपका कालिज सुबह का है तो समय की छूट दे दूँ। जब कालिज का टाईम बदलेगा तब देखा जायेगा। आपके पास शाम को भी काफी खाली वक्त होगा चाहे तो आप ट्यूशन जारी रख सकती है। रूपा ने महसूस किया कैलाश बाबू की बातें अपनी जगह बिल्कुल ठीक है। ट्यूशन का भरोसा क्या पिछली दिक्कतों को भूली नहीं थी। मन मे आया कि वह कह दे कि उसे वह बातें मंजूर नहीं थी और शायद वह कह भी देती अगर कैलाश बाबू बीच मे बोल न उठते।

"आप एक बार फिर ठंडे दिमाग से सोच लीजिये। मुझे कल तक जवाब दे दीजियेग. ा। हां जब आपको जाना ही है और किसी को काम सिखाना ही पड़ेगा तो सोचता हूँ क्यो न एक इश्तेहार दे दूँ। आप नये आदमी को काम सिखा देंगी, ज़िससे मै फिजूल की परेशानी से बच जाऊंगा। मेरे पास काम का कोई ठिकाना नहीं है। और फिर टेलीफोन और मिलने वालों के कारण नाक मे दम रहता है। अब आप सोचिये बिना प्राईवेट सेक्रेटरी के कहीं काम चलता है। मेरा ख्याल है इस नई जगह पर आप अच्छी तरह काम कर लेंगी। इस तरह पढ़ने की सुविधाओं के अतिरिक्त कुछ तनख्वाह भी बढ़ जायेगी। आप सोच लें" सीधी सादी रूपा भला इन चालाकी की बातों को क्या समझती बिचारी ने इस्तीफा वापस ले लिया।

रूपा अब मामूली रिसेप्शनिस्ट से कैलाश बाबू की प्राइवेट सेक्रेटरी हो गई। उसी रूपा की ज़रा ज़रा सी गलती पर मैनेजर झिड़क दिया करता था। अब उसे भी अदब से सलाम करना पड़ता था। रूपा को कुछ घमंड भी हो चला था। शानदार कमरे मे रूपा का आफिस था, मेज पर टेलीफोन, कमरे के बाहर चपरासी, बिजली की घंटी, बाहर उसके नाम का बोर्ड सभी चीजे उसके जीवन मे महान परिवर्तन की गवाह थी। उसकी सादी पोशाक भी अब बदल गयी थी। नौकरी मे आने के बाद केवल एक बार ही रूपा रंजना के घर जा सकी थी। वैसे भी नये ओहदे पर आने के बाद तो किसी के यहां जाना नहीं हो पाता था। गर्मी की छुट्टियां खत्म हो चुकी थी। कालिज एक दो रोज मे खुलने वाले थे। नाम लिखाने वाले छात्र छात्रों की भीड़ दिखाई देने लगी थी। रंजना और रूपा दोनो ने ही नाम लिखा लिये। रूपा की बदली हुई हालत देखकर कभी कभी रंजना हंसी मे कह देती।

"गोरी संभल के चलो कहीं गगरी छलक न जाय" हंसी की बात हंसी मे टल जाती।

रूपा सुबह कालिज जाती और फिर दिनभर दफ्तर मे रहती। दफ्तर मे काम ही क्या था कभी एक दो फोन आ गये। तो आ गये वरना खैरसल्ला। दिन भर अपनी ही किताब पढ़ती। उसी रूपा को ज़िसे खपरैल के नीचे उबलती गर्मी मे सर छुपाने को भी जगह नहीं थी। अब बिजली के पंखे के नीचे शानदार कमरे मे बैठने की सुविधा मिली।

मुरझाइ कली खिलने लगी। रूपा का रूप और भी निखर आया। कभी कभी दफ्तर के काम की धुन मे कैलाश बाबू को दफ्तर मे काफी देर हो जाती। बिना प्रोप्राइटर के उठे प्राइवेट सेक्रेटरी कैसे कुर्सी छोड़ देती, रूपा को भी ठहरना पड़ता और फिर कैलाश बाबू उसे अपनी कार मे बिठाकर उसके घर छौड़ने जाते। रूपा का पिता प्रायः इस बात का बुरा मानता पर सदा ये सोच कर कुछ न कहा कि एक तो लड़की जवान फिर कुछ दिनो मे नौकरी छोडही देगी। कालिज मे पढ़ाई शुरू हो गयी थी। बी.ए. का कोर्स, छात्रों को किताबों की ज़रूरत पड़ने लगी थी। उस दिन रंजना भी बाजार किताबें खरीदने गयी। खरीदी हुई किताब बांध कर दुकानदार ने रंजना को दे दी। दुकान से बाहर निकल रंजना गाड़ी की ओर बढ़ रही थी कि कैलाश बाबू की कार रुकी। रूपा को उनके साथ बैठे देख कर रंजना के आश्चर्य का ठिकाना न रहा। शायद वह भी किताब खरीदने आयी थी। शानदार जार्जेट की साड़ी। नये फैशन का ब्लाऊज। मुँह पर पौउडर लिपस्टिक इतने ठाठ बाट मे भी रूपा रंजना को उतनी न भाई ज़ितनी वह पुरानी सादी पोशाक मे उसे प्रिय थी। रंजना गाडी मे बैठकर चली गयी दोनो मे से कोई भी न देख सका। रंजना ने सब कुछ देखा उसे दुख भी हुआ और शंका भी।

रंजना के जीवन मे एक बार फिर सावन आया। फिर रक्षा बन्धन का त्योहार पड़ा। ठीक एक साल पहले उन्ही बादलों की कड़कती हुई बिजली रिमझिम वर्षा सब कुछ देख कर रंजना को ऐसा मालूम होता था। मानो प्रकृति भी उसके पापी जीवन पर आंसू बहा रही हो। पर उस दिन वही सब देख कर उसे बहुत प्रसंन्ता हो रही थी। आकाश मे घनघोर घटायें छायी हुई थी। काले काले बादल हवा मे क्षितिज के सहारे उडे जा रहे थे। मूसलाधार बारिश हो रही थी। खिड़की मे खडी रंजना हरे वृक्षों पर फुहार पड़ती देख रंजना के शरीर मे नवजीवन का संचार हो रहा था। शाम अभी काफी न हुई थी। पर घटा के कारण अंधेरा प्रतीत हो रहा था। रंजना सुरेन्द्र के कालिज से आने का इंतजार कर रही थी। यह सोच रही थी आज साईकिल पर ही गया है, अगर कहीं रुक न गया होगा तो ज़रूर भीग गया जायेगा। कितना प्रेम था बहन के हृदय मे। एकाएक सुरेन्द्र कोठी मे आता दिखाई दिया। रंजना भी पोर्च मे आ गयी। सुरेन्द्र के कपड़ें से पानी बुरी तरह टपक रहा था।

“कहीं रुक गये होते भय्या देखो तो बिल्कुल ही भीग गये।”

“दीदी आज तो सावन की पहली फुहार है अगर आज भी न भीगता तो कब भीगूंगा “रंजना को कितना भाया वह जवाब।

“अच्छा चलो भीतर चलो। कपड़े बदल लो। कहीं ठण्ड लग कर जुकाम न हो जाये।

“ऊँह! छोड़जुकाम को नहाने दे ज़रा तबियत से और चल तू भी नहा ले। देख तो

कितने मज़े की बारिश हो रही है दीदी। चारों ओर ओर आनन्द ही आनन्द बरस रहा है, चल ना दीदी तुम भी नहा लो। तेरी भी घमौरियां मुरझा जायेंगी। कहते कहते दीदी का हाथ पकड़ कर सुरेन्द्र लान मे खीच ही लाया। बिचारी कितना चिल्लाती रही कि उसके कपड़े भीग जायेंगे पर सुरेन्द्र कब सुनने वाला था। सुरेन्द्र खूब जी भर नहाया। भाई के हठ मे बहन को भी मजबूरन भीगना पड़ा। बिचारी के कपड़े लतपथ हो गये। बारिश भी थीमी पड़ चुकी थी हल्की हल्की बूंदियों मे संभव था दोनो कुछ देर और भीगते रहते पर विजय भय्या की कार की आवाज कानों मे पड़ते ही दोनो ने नहाना बन्द कर दिया। पोर्च मे विजय बाबू कार का पैट्रोल बन्द कर चुके थे। जीने पर चढ़ते चढ़ते दोनो पर नजर पड़ी। दोनो दोषी की तरह डरते डरते घर मे आ रहे थे। दोनो को देखकर विजय बाबू मुस्करा दिये।

“यह क्या हो रहा था। बड़े हो गये पर बचपना नहीं गया। इस तरह भीग रहे हो कहीं बुखार चढ़ गया तो” दोनो अपराधी की तरह मुस्करा दिये। सर्दी इस तरह दोनो को लग रही थी कि शरीर भर के रोयें खड़े हो गये थे। दांतों के किटकेटाने से सारा शरीर कांप रहा था। अन्दर आकर दोनो ने कपड़े बदले। कई प्याले चाय पीने के बाद उनकी सर्दी दूर हुई। सबके चाय पीते पीते माँ भी वहीं आ गई। विजय के पास बैठकर बोली।

“रे विजू! परसों राखी का त्योहार है। इस साल रंजू तुझे और सुरेन को पहले पहल राखी बांधेगी। क्या देगा अपनी बहन को। अब तो तू कमासुत हो गया। मोती का हार से कम न लेगी मेरी लाडो। विजय हंस दिये।”

“हाँ हाँ! मै कब मना करता हूँ। जो मरजी आये दो। अगर यहीं आपकी मरजी है तो एक हार मंगवा लो आज तो बारिश हो रही है कल सुरेन रंजना के साथ जाकर ले आयेगा” माँ की खुशी का ठिकाना नहीं रहा। विजय बाबू की नजर मे मोती के हार की कीमत ही क्या थी। वह तो शायद संसार की सबसे अनमोल चीज देकर भी संतुष्ट न होते। रंजना को एक साल पहले की घटना याद आने लगी। उस दिन भी राखी का त्योहार था। जब विजय भय्या से उसका परिचय हुआ था। उस दिन तो वह मन मसोस कर रह गयी थी। अब उसकी भावनाओ का मंडप सजेगा। मोती के हार की क्मी भला माँ के घर मे क्या थी। हाँ थी तो केवल भय्या के प्रेम भेंट की अभिलाषा।

“और हाँ सुरेन्द्र तू क्या देगा। माँ ने सुरेन्द्र से पूछा।”

“यहीं सोच रहा था माँ मै क्या दूँ” कुछ न कुछ देना पड़ेगा ही। पर माँ मै ऐसी चीज छांट कर लाउंगा जो दीदी के पास न हो। कल इतवार है। नखास बाजार मे जाकर देखूंगा अगर मिल सका तो। सबकी उत्सुकता बढ़ने का मौका था ही। ऐसी क्या चीज सुरेन्द्र दे सकता था जो माँ के घर मे न हो और ज़िस पर रंजना का पूरा अधिकार हो।

मा ने उत्सुकता से पूछा।

"अरे सुरेन क्या चीज है। ज़रा मै भी तो सुँनु।"

"माँ देख लेना सुनकर क्या करोगी" अच्छा सुन मै दीदी को एक बन्दर ला कर दूँगा बस उसी के साथ लडा करेगी मेरा पीछा छूट जायेगा "विजय को बात कुछ बुरी लगी यद्दपि हंसी का मौका था फिर भी कह उठे।" तमीज से बोला कर सुरेन्द्र "रंजना हंस दी। विजय भय्या की बात मे कड़वाहट नहीं थी। था तो केवल भातृप्रेम की एक झलक। राखी का त्योहार धुमधाम से मनाया गया। उस घर के सभी लोगों के जीवन का ये पहला अवसर था। रंजना ने विजय भय्या और सुरेन्द्र को राखी बांधी। बहिंन भाई के पवित्र रिश्ते मे एक और कड़ी गिरह लग गई ।

दसवां अध्याय

रूपा का जीवन बहुत कुछ बदल चुका था। उसे कालिज मे पढ़ाई की भी अब विशेष परवाह न थी। आखिर बी.ए. पास करके भी उसे कहीं न कहीं नौकरी करनी ही थी। सो तो अब भी अच्छा खासा पैसा पैदा कर रही थी। इससे अधिक संभव था कि वह बी.ए. की डिग्री पास करके भी न कमा पाती। कालिज जाने का यह हाल था कि कभी चली गई तो चली गई न जा सकी तो परवाह नहीं। गोया कॉलिज ना होकर एक तफरीह का ठिकाना हो जब मन आया पहुँच गये। रंजना को सहेली की बिगडी दशा देखकर बहुत दुख होता यदि वह समझाने की कोशिश करती तो रूपा झल्ला जाती उसके सर पर तो कैलाश की चिकनी चुपड़ी बातों का भूत सवार था। और सच तो यह था कि घर मे उसे अपने माँ बाप भी कम शत्रु। न मालूम होते फिर रंजना की बात तो दूर रही। रूपा को अपने घर से इस तरह धृणा हो गई थी कि कौन जाने निजी ठाठ बाट के आगे फटे पुराने चिथडों मे अपने पिता को पिता कहते हुए भी शर्म आती हो। वही खपरैल ज़िसके साये मे पैदा हुई, जवान हुई और जीवन के डेढ़ युग बिता दिये। अब उसे बुरा मालूम होने लगा था। वह यह भी भूल चुकी थी कि उसी गरीबों की धरती मे उसका बचपन बीता है। पिता की रुखी सुखी मे अब स्वाद न आता था। कैलाश बाबू के साथ दिन रात सैर सपाटे और होटलों की पार्टीयो मे रूपा अपना सच्चा जीवन ही भूल बैठी। संभव था कि यदि रूपा लड़की न होती तो शायद झगड़ कर अलग मकान भी ले लिया होता।

बूढ्ढ़े बाप का जीवन गरीबी से जीर्ण हो चुका था। इस आशा से लड़की जवान होकर अपना आगा पीछा संभाल सकेगी बराबर ढ़ील देता रहा। अब उसे गुमराही मे जाते हुए देख दिल भर आता। माँ ने कई बार रूपा को समझाया भी पर मतिहीन को कुछ समझ नहीं आया। जवान आजाद लड़की थी ज्यादा दवाब डालना नाजायज था। रूपा का घर वालों से बर्ताव भी बिगड चुका था। घर उसके लिये घर नहीं था। थी तो केवल सराय जहां थके हारे मुसफिर की तरह रात के कुछ घंटे काट देती।

कई बार माँ ने रूपा के विवाह की इधर उधर बातचीत भी की। पर रूपा ने सदैव मुँह तोड़ उत्तर दिया। माँ बाप दोनो निरंतर कोशिश करते परंतु नाकामयाबी से पाला पड़ते ही बेचारे सहमकर रह जाते। छोटे छोटे भाई बहन कभी प्यार से दीदी कह उठते तो रूपा को उनसे भी वितृष्णा हो जाती बेचारे डर के मारे कुछ न कहते पर नन्हे दिल भर आते। बाप रूपा की कमाई की एक फूटी कौड़ी के मोहताज नहीं थे पर समय बहुत बलवान है ज़िसके आगे बड़े बड़ों ने कांधे झुका दिये थे। भूल माँ बाप की थी या चादर से बाहर पाँव फैलाने का नतीजा औलाद यदि बिगड़ जाये तो दोष माँ बाप का होता है। पूत के पाँव पालने मे देखने के बाद भी वह समय की चाल मे अपनी आँखे क्यूँ बन्दकर लेता है। उनकी जबान बन्द होने का मतलब है औलाद को आजादी और ढ़ील देना। मनमाना करने पर वह वर्तमान मे विश्वास रखते हुए भविष्य मे केवल अच्छे दिनों की परछाई ही देखा करते है। माँ बाप औलाद के संभलने का इंतेजार करते करते हाथों से गवां देते है। और फिर ममता की ज्योती जगाकर उन्हे गुमराहियो मे ढूंढते ढूंढते अपनी और अपने परिवार की सुखशांती मे आग लगाकरजीवन भर अपने भाग्य को कोसते रहते है। कैलाश रूपा को कतपुतली की तरह नचा रहा था और रूपा उसी जीवन मेरी हंसी खुशी मे लिप्त थी।

शहर मे बहुत सी मिलों के साथ साथ न्यू इंडिया मिल्स मे हड़ताल बड़ी जोरों से हो रही थी। मिल का कामकाज बिल्कुल बन्द था। दफ्तर मे मैनेजर और बाबू लोंगो ने डर के मारे आना बन्द कर दिया था। मजदूरों की बात क्या मिल मालिक का हजारों रुपयों का नुकसान हो रहा था हर प्रयत्न उपयोग मे लाया जा रहा था कि किसी तरह हड़ताल टूट जाये। रोज सुबह भोपूं बजने से पहले मिल के मजदूर फाटक पर नारेबाजी शुरू कर देते पुलिस भी इनकी ही मदद कर रही थी। पर मजदूरों पर काबू पाना नामुमकीन हो रहा था। मजदूरों के पेट की आग और तन के कपड़े के सवाल ने उन्हे इस दर्जे तक मजबूर कर दिया था। उन गरीबों की मांगें कुछ विशेष नहीं थी केवल जिद और बहस का सवाल था। हजारों रूपये रोज का नुकसान होने के बाद भी कैलाश बाबू हड़तालियों की छोटी छोटी मांगें भी मंजूर नहीं कर रहे थे। हड़ताल का ढ़ंग ऐसा था कि ज़ड़ मे बैठकर भड़काने वाले का पता ही नहीं लगता था। कोशिशे बराबर जारी थी। डर के मारे

कैलाश बाबू कोठी से बाहर नहीं निकलते केवल फोन पर ही घोडे छोड़ाते रहते। मिल मे ताला डाल दिया गया।

रूपा की जान भी खतरे से खाली न थी। मिल के मजदूर उस पर भी बुरी तरह शंका कर रहे थे। इधर कई दिनों से हड़ताल की हालत बिगड़ती देख रूपा कैलाश के घर आ गई थी। । सच है गीदड़ की मौत आती है तो वह शहर की ओर भागता है। रूपा ने कई बार प्रयत्न किया कि वह हड़ताल तोड़ सके पर नाकामयाब रही। मिल के करीब एक बड़े मैदान मे उस दिन मजदूरों की सभा हो रही थी मांगें बिना पूरी तरह मिलें हड़ताल का टूटना नामुमकीन था। रूपा भी उस सभा मे मौजूद कई एक मजदूर संघ के कार्यकर्ताओं से वह भली भांति परीचित थी। प्रायः सभी को अच्छी तरह जानती थी। रूपा सभा की कार्यवाही पूरी तरह देखती रही भाषण उसके कानों मे पड़ते रहे। टीले पर खड़ा गबरु मिस्त्री कह रहा था

"भाईयों हमारी मांगें सीधी और साफ है। मामला सिर्फ जिद का है। हम अपने पेट की रोटी और तन के कपड़े के लिये लड़ रहे है यह कोई इंसाफ नहीं कि एक अकेला आदमी हमारे नन्हे बच्चों के मुँह से रोटी का टुकड़ा छीन कर हमारी ही छाती पर अपने ऐश्वर्य और धन का महल खड़ा करें। सिर्फ एक आदमी की लालसा पूरी करने के लिये हम कहां तक अपने बच्चों की आहुती देते रहेगें। हमे अब जागना चाहिये। और यह भी जानना चाहिये कि अगर हमे ज़िन्दा रहना है तो अपने हक को हासिल करना ही पड़ेगा। कुत्ते की इस ज़िन्दगी से आराम की मौत कहीं अच्छी है यह सच है कि संसार मे कोई चीज भीख मे मांगें नहीं मिलती उसके लिये कुर्बानी देनी पडती है।

हमे अपनी मांगें हासिल करने के लिये मालिकों से लड़ना पड़ेगा उस लडाई मे कौन कह सकता है कि किसकी हार होगी और किसकी जीत। दो मे से एक ही चीज होगी। या तो हम इस मिल मे काम ही करेंगे या फिर यहां खाक ही उड़ती दिखाई देगी। । हमे संगठन की ज़रूरत है हमारा यही एक हथियार होगा ज़िसके सहारे हम लोग लडाई के मैदान मे उतर सकेंगे चाहे यह लडाई मालिक से हो या सरकार से पर दोनो ही हालत मे हमे यह समझ लेना चाहिये कि फैसला हमारी अपनी तकदीर से होगा। पेट की खतिर जो उस लड़ाई मे कमर कस कर बाहर मैदान मे आयेगा उसी की ही जीत होगी। यदि किसी ने मुँह छुपा लिया या हमारे साथ दगा की तो याद रहे उसे गुमनामी की मौत मे ढ़केल दिया जायेगा और उसकी लाश पर रोने वाला नसीब न होगा"। मजमा खत्म होने लगा था लोग तितर बितर होने लगे थे। रूपा ने साहस करके उन आदमियों से मिलना चाहा। लेकिन तभी गबरु ने देख लिया।

"ओह! तो आप आयी थी चोरी चोरी हमारी बात पता लगाने। लों भाई कलवा

मिस्त्री इनसे भी सुलह कर लो। दगाबाज।"गबरु की लाठी क्रोध से उठ ही जाती कि कलवा चीख उठा।"

"ओ गबरु ज़रा ठहर। बात तो पूछने दे शायद यह हमारी हो सके। मुन्नालाल टाइम कीपर की छोरी है इन्ही हाथों से मैने इसे खिलाया है। अब बदल गई तो क्या हुआ। आखिर इसने उम्र के अठारह साल हमी गरीबों मे गुजारा है। मै तो इसे अब भी उसी तरह समझता हूँ।"

"कलवा तू नहीं जानता। यह गैर है अपनी कभी नहीं हो सकती। यह गैर है अपनी कभी नहीं हो सकती। देखता नहीं ये ठाठ बाट के कपड़े और ये बड़ी मोटरकार। यह भी उसी अमीर जाति से मिल गई जहां से हमारी हालत पर तरस तो खाया जा सकता है पर मदद की कोई आशा नहीं की जा सकती।" तभी क्रोध मे एक तीसरा नौजवान चीख उठा।

"साथियों! आग लगा दो इसकी गाडी म, फूँक दो इसे इन्ही कपडो समेत हम भूखे नंगे मरे और यह ऐश आराम की पुतली हमारी दीन दशा देखकर खिलखिलाकर हंसे।" रूपा शोरगुल और बिगडी दशा देखकर सहम गयी। चेहरा पीला पड़ गया। आँखो के आगे मौत नाच उठी। सारे शरीर मे पसीने आ गये थे। रूपा कुछ और समझ कर आयी थी और हुआ कुछ और। कुछ कहना चाहा होंठ हिले कि भीड चीर कर एक अन्य हड़ताली आ गया।

"छी छी! इससे तो अच्छा था कि कहीं चुल्लू भर पानी मे डूब मरती। धोखे बाज तूने मुन्नीलाल के चेहरे पर कालिख पोत दी उस बेचारे की हालत तो देखो सूख कर कांटा हुआ जा रहा है। काश ऐसी मेरी औलाद होती तो आँखो के सामने दरख्त से बांध कर खड़े ही जला देता।" बातों का सिलसिला टूट चुका था प्रायः सबका क्रोध शांत होने लगा था। उन्ही मे से कोई बोल उठा।

"छोड़ो इस कलमुही को यहीं रंजना देवी और द्वारका बाबू को आज की कार्यवाही सुनायें।"

यह थे उसी मिल के मजदूर जहां रूपा का इतना मान था। एक वह भी दिन था कि रूपा के अच्छे ओहदे पर पहुंचने के ख्याल मे ही मजदूरों को उस पर कितना गर्व था और एक था ये दिन जब रूपा को अपमान का घूंट पीना पडा। रंजना और द्वारका बाबू का नाम सुनते ही रूपा का शरीर सिहर उठा। उसने वहां और अधिक ठहरना ऊचित नहीं समझा और चल पड़ी। कार तक आते आते बहुत सी व्यंग्य भरी निगाहों का सामना करना पडा अन्य कोई होता तो शर्म से पानी पानी हो जाता पर रूपा को फर्क कहां।

उसके तो अंतः करण मे जागी इस अपमान का बदला लेने की एक धधकती ज्वाला।

मिलों की दशा बड़ी शोचनीय थी। इधर कैलाश बाबू के उपकार। मिल की अच्छी नौकरी। भावी जीवन और उधर मिल के अपने ही लोगों से बगावत सांप और छूछुन्दर की हालत थी न निगलते बनता और ना ही उगलते बनता और जब वह द्वारका बाबू के विषय मे सोचती कि वह हडताली लोगों के साथ है तो चिन्ता मे घिर जाती। द्वारका बाबू भी मिल के एक कर्मचारी थे मामूली क्लर्क होने पर भी मजदूर संघ मेरी काफी मान रखते थे। छः साल से मिल मे थे पच्चीस-छबीस साल की उम्र। जब द्वारका बाबू मिल मे नौकर लगे थे तब रूपा उस वक्त आठवें दर्जे मे पढ़ती थी। मुन्नीलाल तो रूपा के विवाह का ख्वाब द्वारका बाबू के साथ देख रहे थे। रूपा के दिल मे भी उनका बहुत मान था पर बी.ए. मे आने के बाद रूपा द्वारका बाबू को अपने आगे कुछ समझती ही नहीं थी। द्वारका बाबू बी.ए भी नहीं थे। रूपा का बढ़ला हुआ रूप देख कर बेचारे ने दिल पर पत्थर रख लिया था। उन टूटे हुए दिल के टुकड़ों मे कभी कभी रूपा की याद करवटें ले लिया करती पर उन सब का रूपा पर क्या प्रभाव।

कैलाश बाबू ने रूपा की जुबानी सारी बातें सुनी। दोनो मे से किसी का भी द्वारका बाबू से मिलना बेकार था। रूपा ने चाहा भी पर कैलाश बाबू ने कुछ समझ कर रोक लिया। हां! रंजना से मिलना मुनासिब समझा गया। मिलने मिलने के ख्याल मे कुछ दिन और निकल गये। हड़ताल बराबर जारी थी। टूटने की कोई आशा नजर नहीं आ रही थी। आखिर विजय भय्या के घर जाने का निश्चय किया मुँह तो नहीं था पर रोजगार का सवाल था वक्त पड़ने पर गधे को भी बाप बनाना ऐसे लोगों के लिये मामूली बात थी। छुट्टि का दिन था। विजय बाबू बाहर लान मे बैठे अखबार पढ़ रहे थे। कैलाश के प्रति उन्हे भी नफरत हो गयी थी। रूपा का हाल उनसे छुपा हुआ न था। फिर भी घर आये मेहमान की खातिर लाजमी थी।

"आओ कैलाश आआ, आज तो महीनो के बाद आये।"

"हां! भय्या क्या बताऊँ मिल की हालत से तंग आ गया हूँ। आप ही सोचिये कितना बड़ा नुकसान हो रहा है कारोबार का।"

"सो तो है, झगडेबाजी मे नुकसान के सिवा फायदा होता ही कब है लेकिन मजदूरों की मांगें है क्या ?"

"भैय्या! मांगो का कुछ सवाल नहीं। वह सब तो आसानी से ठीक हो सकता है। हां सुना है रंजना देवी मजदूर संध की प्रधान है। अगर वह चाहें तो हड़ताल फौरन खत्म हो सकती है।"

"देखो कैलाश! यह तुम्हारे और रंजना के बीच की बात है इसमे मै क्या दखल दे सकता हूँ। बेहतर यहीं है कि तुम खुद मिलकर रंजना से बातें तय कर लों। तुम्हारा उससे कोई पर्दा भी तो नहीं। आखिर वो भी एक लड़की है। इसके अलावा वो कोई गलती तो कर नहीं रही। फिर तुम ही सोचो यह कैसे मुमकिन हो सकता है कि मै उस पर किसी तरह का नाजायज दवाब ड़ालूँ "इंकार का इससे बढ़कर शरीफाना अन्दाज नहीं हो सकता था। रोजगारी को रोजगार ही की चाल मे चित्त करना पड़ता है बातें जारी थी कि रंजना भी वहीं आ गयी। कैलाश बाबू कुर्सी से उठ खड़े हुए।

"आईये रंजना देवी" बात छेडनी थी ही कैलाश बाबू ने आश्चर्य से पूछा।

"यह क्या रंजना देवी आपके माथे पर ये चोट का निशान कैसे"

"जी आप लोगों की इंसानियत का सबूत है" शब्द मामूल से ज्यादा कड़े थे। विजय ने अखबार मे सिर घुसा लिया। कैलाश बाबू की त्योरी चढ़ी और उतर गई।

"खैर छोडिये इन बातो को। लेकिन आप इन फिजूल के झगडों मे पड़ती ही क्यों है? भला कहां मजदूर संध और कहां आप और इसके अलावा इन नीचे दरर्जे के आदमियों को गाली की नोक पर रखना ही पड़ता है। फिर मारधाड़ मे कौन देखे कि किसे चोट पहुँची।"

"देखिये कैलाश बाबू! मुझे क्या करना चाहिये और क्या नहीं यह मै अच्छी तरह समझती हूँ। हाँ आज इतने दिनों बाद आप के अचानक आने का मतलब ज़रूर समझ मे नहीं आया।"

कैलाश बाबू ने अनुमान लगा लिया कि रंजना अब वह शर्मिली रंजना न थी। अब वह वाकई थी एक ज़िम्मेदार लड़की ज़िससे कुछ तय करना कोई आसान काम नहीं था।

"सुना है, मेरे मिल के मजदूरों की हड़ताल मे आपका काफी हाथ है और अगर आप चाहे तो उन्हे हड़ताल से रोक भी सकती है"

"ज़रूर! हड़ताल एक ही शर्त पर टूट सकती है अगर आप उनकी पूरी मांगें मंजूर कर ले। "कैलाश को अपनी उम्मीदों पर पानी फिरता दिखाई दिया।"

"रंजना देवी शायद आप गलतफहमी मे है मै आपके पास किसी भीख की आशा से नहीं आया। अगर मै चाहूं तो हड़ताल रोक सकता हूँ अपने नौकरों को किस तरह दबा कर काम लिया जाता है बखूबी जानता हूँ। शायद ऐसा कुछ कर गुजरता यदि बीच मे आपका हाथ न होता। लेकिन यहीं सोच कर कि अगर सीधी ऊंगली से धी निकल जाये तो अच्छा है। आपके पास आया था। रंजना सिर्फ मुस्करा दी मानो कैलाश की धमकी एक बन्दर भभकी थी। ज़िसकी रंजना को परवाह तक न हुई रंजना ने जवाब दिया।

"खैर! आपने सीधी राह सोचने की तकलीफ की उसके लिये शुक्रिया। लेकिन अगर आपका यह ख्याल है कि हड़ताल डर और धमकी से टूट जायेगी तो कोशिश कर लीजिये तजूर्बा हो जायेगा। और अगर यहीं तरीका अमल मे लाना है तो मेरे पास आईन्दा आने की तकलीफ भी न कीजियेगा"

क्रोध मे आग बबूला कैलाश बाबू अपना सा मुँह लेकर चले आये विजय बाबू को कैलाश की हालत पर अफसोस हुआ परंतु कैलाश यही समझा कि शायद उस घर का दरवाजा उस दिन के बाद से उनके लिये हमेशा के लिये बन्द हो गया था। कैलाश के जाने के बाद विजय बाबू उठे।

"रंजना! कितने काले दिल का है यह आदमी और इसके पिता .... खैर ...." विजय बाबू को अपना वो वादा याद आने लगा जो उन्होने रमा शंकर बाबू से मरते समय किया था।

रंजना बोल उठी।

"हां भय्या नीच से नीच पाप करने पर भी संभव है इसके मन को तृप्ती न हो। इसका कोई भरोसा नहीं जाने कब क्या कर बैठे?

मिल की हड़ताल और जोर पकड़ गई। रंजना से किसी प्रकार की मदद की आशा टूट चुकी थी। मजदूरों से टक्कर लेने से काफी नुकसान होने का डर था। कैलाश बाबू को सरकार से मदद भी क्या मिल सकती थी। सारा मामला अपने आप ही सुलझाना था। यह कैलाश बाबू पर पूरी तरह जाहिर हो चुका था कि अब नहीं तो फिर एक न एक दिन उन्हे हड़ताल के सामने झुकना ही पड़ता ज़माने के साथ चलने मे उन्हे भलाई दिखाई थी। और फिर नुकसान भी काफी हो चुका था। देर करने पर मुमकिन था कि हड़ताल की रंगत कुछ और बिगड़ जाती यही बेहतर समझा गया कि मजदूरों की मांगो पर गौर किया जाये। गबरु मिस्त्री, कलवा, द्वारका बाबू और मिल के अन्य ज़िम्मेवार कर्मचारियों से स्वयं कैलाश बाबू ने मांगों के विषय पर बातचीत की कुछ ढ़ील मालिक ने छौड़ी कुछ के लिये हड़ताली दब गये। इस तरह काफी से ज्यादा मांगें मंजूर कर ली गई। मिल का काम पहले की तरह शुरू हो गया। कैलाश बाबू का जीवन अभी खतरे से पूरी तरह आजाद नहीं था इन्ही मिल के झगडों की वजह से डर के कारण बहला फुसला कर मायके भेज दिया था। वापिस बुलाने का सवाल ही क्या हां रूपा तक पहुचने को अब रास्ता बिल्कुल साफ था। कैलाश ने कुछ दिनों के लिये लखनऊ छोडदेने मे ही भलाई समझी। गर्मियां शुरू होने वाली थी। काशमीर की घाटियों मे कुछ समय बिताने का फैसला कर लिया। सफर की सारी तैयारी हो गई। जनरल मैनेजर को मिल का काम सौप दिया गया। इधर रूपा को ये विश्वास हो चला था कि गरीब मजदूरों की बस्ती मे

उसके लिये कोई जगह नहीं थी। लोग उसे दूध मे पड़ी मक्खी के समान निकालकर फेंक चुके थे। उसका सर्वस्व मिल की नौकरी मे ही था। लड़की काफी आजाद हो चुकी थी। अब तक पाँव केवल घर के बाहर ही हुए थे पर अब कैलाश के अनुरोध पर रूपा उनके साथ काशमीर जाने को राजी हो गई। रूपा और कैलाश दोनो काशमीर चले गये। रूपा के माँ बाप, द्वारका बाबू सबने कलेजे पर पत्थर रखकर सब्र कर लिया। हां मिल के मजदूरों को ये बात कांटे सी खटकती रही। उनका ख्याल ठीक था। ये अपमान रूपा या उसके माँ बाप का नहीं वरन समस्त गरीब मजदूर जाति का था।

ग्यारहवां अध्याय

शहर के एक बडे रईस बाबू अम्बिका प्रसाद और विजय के घराने मे पुराने ताल्लुकात थे। थे भी एक ही जाति के। बडे कारोबारी आदमी थे। कई कारखाने और मिलें थी। धन का कुछ ठिकाना न था। औलाद मे ले देकर बीस बाइस साल की एक लड़की इन्द्रा थी। इन्द्रा थी भी बड़ी खुशनसीब। बरसों से अम्बिका बाबू विजय पर दांत रखे हुए थे। यही देख रहे थे कि विजय बाबू किसी ओहदे पर लग जाते तो इन्द्रा का विवाह उससे कर के उसके ऋण सेमुक्त हो जाते। कई बार विजय की माँ से इन्द्रा की माँ ने यों ही मामूली तौर से ज़िक्र किया था। लड़का उनकी पसंद का था हाँ! इन्द्रा के पिता जी ज़रा ढ़ील दे रहे थे। आखिर सरमायेदारी की बू दिमाग मे थी ही यही चाहते थे कि किसी तरह विजय बाबू आइ.ए.एस. हो जाते तो फिर शादी कर देते। भगवान ने किस्मत से वह दिन भी दिखलाया। विजय बाबू की ट्रेनिंग का समय भी अब बीत चुका था और खाद्य विभाग मे अच्छे ओहदे पर तैनाती भी हो गयी थी। मुस्तकिल होने मे शक ही क्या था। कई दिनों से अम्बिका बाबू विजय की माँ के पास बराबर आ रहे थे। लेन देन और दहेज के सवाल की बात तो दूर रही शादी मे कोई शर्ते भी न थी।

इन्द्रा की माँ भी बहुत जोर डाल चुकी थी। आखिरी तौर से बात पक्की हो रही थी लड़की विजय की देखी भाली थी। दोनो घराने एक दूजे से वाकिफ थे। रंजना भी इन्द्रा से भली भांति परिचित थी। दोनो एक ही कालिज मे पढ़ती थी। फर्क इतना ही था

रंजना फाएनल मे थी और इन्द्रा फर्स्ट इयर मे। दोनो की कई बार आपस मे बात भी हो चुकी थी। रंजना को उस दिन मालूम हुआ कि इन्द्रा उसकी होने वाली भाभी है और इधर रंजना जैसी ननद पाकर इन्द्रा भी बहुत खुश थी। विवाह लगभग तय हो चुका था। मंगनी की रस्म भी चढ़ गई। दोनो धरानो मे रिश्ते पक्के हो गये। रात भर विजय के घर गाना बजाना होता रहा। खुशी मे रंजना नाचती फिरती और माँ की आँखों मे उल्लास का वर्णन ही क्या। सुरेन्द्र की नजर मोती चूर के लड्डुओ पर ही अड़ी रही। सुख की वह रात सुख मे ही कट गई। सुबह से लोग फिर अपने अपने काम धन्धे मे लग गये। रंजना कालिज गई। इन्टर्वल मे रंजना और इन्द्रा की भेंट हो ही गई। रंजना बोल उठी।

"जी भाभी जी नमस्ते" रिश्ता दोनो मे से छुपा न था। इन्द्रा झेंप गयी। नीची गरदन किये बिचारी ने जवाब दे दिया। दोनो ही अकेली थी रंजना ने फिर छेड़ शुरू कर दी और फिर उस दिन के बाद से रंजना सदा इन्द्रा को "भाभी" कहती। कभी कभी छेड निभाने के लिये इन्द्रा भी रंजना को "ननदी" कह देती। कितना प्रेम था इन दो शब्दों मे।

रंजना की पढ़ाई के साथ मजदूर संघ का काम पूरी तौर से चलता रहा। संगठन इतना दृढ़ था कि हड़ताले जोर पकडती ही जा रही थी। इधर पुलिस सी. आइ. डी. की रिपोर्ट बराबर प्रान्तीय सरकार को पहुँचती रही। यह सब पर पूरी तरह जाहिर हो चुका था कि सारे झगड़ें फसाद की ज़ड़ यह रंजना देवी ही थी। उस दिन सुबह सुबह विजय बाबू दफ्तर पहुँचे ही थे कि चीफ सेक्रेटरी का फोन आ गया। उसने विजय बाबू को कुछ आवश्यक काम से बुलाया है। विजय बाबू सब कुछ जानते थे वो रिपोर्ट उनकी आँखों के सामने से गुजर चुकी थी। बेधड़क मिलने चले आये। चपरासी ने दरवाजा खोल दिया। विजय बाबू कमरे मे पहुँचे साधारण अभिवादन के बाद कुर्सी पर बैठते हुए पूछा।

"हाँ! देखिये मि. विजय कुमार मेरे पास कुछ इस तरह की खबरें आई है। ज़िन पर यकीन तो नहीं हो रहा और साथ ही साथ बिना यकीन किये बिना रहा भी नहीं जा रहा।

"यह रंजना देवी कौन है ?"

"मेरी बहन" चीफ सेक्रेटरी के माथे पर चिन्ता के बल पड गये।

"मेरा ख्याल अगर गलत नहीं है तो आपकी बहन होने पर कानून के साथ उलझना ठीक नहीं इस तरह वह अपना वक्त खराब करने के अलावा दीगर अफसरान को आप पर भी शक करने का काफी मौका देती है। आपका फर्ज है कि इस तरह का जुर्म करने से रोके। मुमकिन था कि मै तमाम बातों पर ऐतबार तक न करता मगर यह चिठ्ठी, कहते कहते चीफ सेक्रेटरी ने पेपर वेट के नीचे से एक पत्र निकाल कर विजय पकडा

दिया। पत्र देखते ही वह कैलाश का हस्त लेख पहचान गये। विजय बाबू चिठ्ठी पढ़ने मे लगे थे। और चीफ साहब माथे के उतार चड़ाव देख रहे थे। कितना जहर ऊगला था कैलाश ने। सांप को दूध पिलाने से उसका जहर और डूसने की आदत नहीं जाती है। कैलाश ने जो कुछ किया वह उसकी नीचता का प्रत्यक्ष प्रमाण था। उससे ऐसी ही उम्मीद की जा सकती थी। पत्र पढ़कर विजय ने वापस कर दिया।

"विजय बाबू अब आप क्या कहना चाहते है"

"मुझे इसके सिवा और कुछ भी न कहना है। कि मेरी बहन किसी गलत रास्ते पर नहीं जा रही है। इसके अलावा वह अपनी ज़िम्मेदारी को बखूबी समझती है उसे इन मामलात मे पूरी तरह की आजादी है उस पर किसी तरह का दवाब डालना नामुनासीब है। "अड़ियल अफसर को नौकरी करते हुए एक लम्बा अरसा बीत चुका था। उसकी नजर मे ये गुस्ताखी थी। ज़िसे देखने को उसकी आँखे आदी न थी। तडप कर बोल उठा।

"देखिये कानून से टक्कर लेना मेरी नजर मे ठीक नहीं है। स्थाई सरकार आपके ही लिहाज से आपकी बहन को गिरफतार न करती हो। यह उन्हे अच्छी तरह समझ लेना चाहिये कि सरकार से हठ मे उनका जीवन नष्ट हो सकता है"

विजय बाबू के खून मे भी गर्मी थी। मान और अपमान को भली भांति जानते थे। रंजना के अपमान का मतलब था उनका खुद का अपमान और अब बरदाश्त की हद समाप्त ही चुकी थी।

"मेरी बहन कानून और कानून से लड़ना अच्छी तरह जानती है सेवा के पथ पर चलने वाला आगा पीछा सोचकर चलता है। मेरा ख्याल है कि उसे इन मामलात मे समझाने की कोई ज़रूरत नहीं।"

चीफ सेक्रेटरी गुस्से मे गरज उठा। ।

"वेल! मि० विजय आप शायद भूल रहे है कि आप किसी अफसर से बात कर रहे है।"

"लेकिन सर! अगर आप का यह ख्याल है कि मै अपनी बहन पर किसी तरह का दवाब डालूंगा तो शायद आप गलती पर है। मै अच्छी तरह जानता हूँ कि मै एक सरकारी मुलाजिम हूँ। अपनी ज़िम्मेवारियों को भी पूरी तरह पहचानता हूँ और यह भी सोच सकता हूँ कि मुझे क्या करना चाहिये और क्या नहीं।

"तो इसका मतलब ये हुआ कि इन साजिशो मे आपका भी हाथ है।"

"आप इन बातों का क्या मतलब निकाले इसकी मुझे परवाह नहीं। यह हो सकता

है कि मै नौकरी से ही इस्तीफा दे दूँ मगर यह नामुमकिन है कि मै एक बहन का भाई होकर भाई के फर्ज को भूल जाऊँ। बात कुछ अजीब तरीके से बिगड़ती ही जा रही थी। दोनो गुस्से से भरे बैठे थे। विजय बाबू उठकर बाहर को चले गये।

सरकारी कुर्सी पर बैठ कर चीफ सेक्रेटरी काफी बिगड़ता रहा पर शांत होते ही दिल को मानना पड़ा कि विजय ने ठीक किया। भला भाई बहन के इस पवित्र रिश्ते को वो कलंकित कैसे करे। विजय बाबू अपने कमरे मे आये। टाईप बाबू को बुलाकर अपना इस्तीफा लिख दिया बाबू इस्तीफा टाईप करके ले आया। आँखों मे आंसू थे। काश टाईप करते वक्त उसकी ऊंगलियां कट कर गिर क्यूँ नहीं गयी। कुछ ही दिनों मे विजय बाबू जैसे अफसर ने दिल बांध लिया था। नौकरी टूटने पर भी विजय बाबू इस्तीफा वापस ले लेते तो वह अपने बाल बच्चों के मुँह मे खाक दे देता। मेज पर कागज रखते हुए उसका हाथ कांप रहा था। विजय बाबू सब कुछ ताड़ गये, मुस्कुराते हुए बोले।

“रामलाल! ऐसा मालूम होता है कि नौकरी छौड़ने का दुख हमसे ज्यादा तुमको है। पर भाई यह क्यो भूलते हो कि इस दुनिया मे हर सुबह भूखे सब उठते है पर किसी शाम बिरला ही कोई भूखा सोता हो। शायद मुझे इतने ही दिन यहां नौकरी करनी थी। इस्तीफे पर दस्तखत हो चुके थे। रामलाल अपने कमरे मे चला गया। विजय बाबू के इस्तीफे की खबर पूरे दफ्तर मे आंधी की तरह फैल गई। ज़िसने सुना उसे दुख हुआ। सबके साथ दोस्ती का बर्ताव, हर एक का दुख दर्द शांती से सुनना, उनका हंसमुखपन। ऐसा अफसर उन्हे अभी तक नहीं मिला था। अर्दली तो सचमुच रो पड़ा। दफ्तर से इस्तीफा उपर भेज दिया गया। अन्य अफसर की नजरों से होता हुआ कागज चीफ सेक्रेटरी तक पहुँचा।

कमरे मे बैठते हुए अम्बिका बाबू ने बात छेडी।

“विजय बाबू! उड़ते उड़ते खबर सुनी है, कि शायद तुमने नौकरी से इस्तीफा दे दिया है। कुछ समझ मे नहीं आया कि आखिर सब मामला क्या है, इसी लिये

आया हूँ”

“जी बाबू जी! वह खबर ठीक ही है“माँ और रंजना को सुनकर मानो यकीन ही न आया। यह पहली बार जीवन मे विजय ने विजय ने कोई बात माँ से छूपाई थी। और फिर बीजू ने नौकरी से इस्तीफा दे क्यो दिया। कारण जानने के लिये सभी उत्सुक हो उठी।

अम्बिका बाबू क्या कुछ तै करने आये थे। वह बात तो पीछे रह गयी। माँ ने विजू से पूछा।

“क्यो विजू क्या बात है बता तो मुझे”

“कुछ बात नहीं माँ! माँ यों ही“सवाल विजय से था। पर अम्बिका बाबू बीच मे ही

बोल उठे।

"यों ही कैसे जी! सुनिये मै सब बतलाता हूँ। रंजना देवी का मजदूर संघ मे काम करने का मतलब है कानूनन जुर्म। इस बारे मे पुलिस सी. आई. डी. ने प्रांतीय सरकार को रिपोर्ट की। इनसे इस बात का जवाब तलब हुआ कि यह अपनी बहन को क्यो नहीं रोकते। इन्होने गुस्से मे इस्तीफा दे दिया। माँ ने सारी कहानी सुनी।

"पर विजू तो दफ्तर गया था"

"सो तो जावेंगे ही इस्तीफा अभी मंजूर थोड़ी ना हुआ। आगे जब तक फैसला नहीं हो जायेगा तब तक काम करना ही होगा। इसके अलावा ये अगर चाहे तो इस्तीफा वापस ले सकते है। ये अभी इनके ही हाथ मे है। संभव है अभी ऊँचे अफसरों तक न पहुँचा हो। विजय की ओर मुँह करके अम्बिका बाबू ने कहा

"मेरा ख्याल है कि आप इस्तीफा वापस ले लों। जोश मे आकर ऐसा हो जाता है पर आपको हमेशा ठंडे दिल से काम लेना चाहिये। फिर आप ये भी जानते है कि समाज मे बनी बनाई इज्जत मुफत मे बिगड़ जायेगी।"

वह फाइल पढकर एक बार मुस्करा उठा। उसका तनिक भी मतलब नहीं था कि विजय बाबू नौकरी से इस्तीफा दे देते। वह सब तो समझा देना अपना फर्ज था। आखिर ज़िम्मेवार सरकारी अफसर होने की हैसियत से उसे भी तो बात निभानी लाजिमी थी। विजय बाबू के प्रति उसे पूरी सहानुभूति थी। सारी उम्र अफसरी मे काट चुका था जवानो की तरह खून मे जोश और गर्मी वक्त के साथ साथ ठंडी पड़ चुकी थी। कुछ करने से पहले बुढ़ापे की आँखें एक बार आगा पीछा सब कुछ देख लेती थी। कैलाश की चिट्ठी और दूसरे फजूल के कागजात वह पहले ही फाडकर रददी की टोकरी मे डाल चुका था। अब सिकरेट बाक्स का ताला खोलकर फाइल उसमे रखकर फिर ताला बन्द कर दिया ठीक उसी तरह जैसे किसी मुर्दे को कब्र मे रख देने के बाद यह आशा नहीं की जाती कि वह वहां से फिर कभी वापस आयेगा।

थोड़े ही दिनों मे शहर के सभी लोगों को उस खबर का पता चल गया। बाबू अम्बिका प्रसाद ने सुना तो दुख का ठिकाना नहीं रहा। उन्हे ऐसा प्रतीत हुआ मानो उनका बना बनाया खेल बिगड़ गया। विवाह की पूरी तैयारियां हो चुकी थी। पर अच्छा ही हुआ कि वक्त से पहले ही सब कुछ पता लग गया। बेटी अभी बाप के घर ही थी कहीं हाथ पीले हो गये होते तो न जाने क्या होता। मानो इन्द्रा का विवाह विजय से नहीं बल्कि उनके ओहदे से हो रहा था। शाम हो रही थी। अम्बिका बाबू विजय के घर आये। चेहरे पर घबराहट पूरी तरह छाई हुई थी। विजय बाबू तैयार होकर कहीं बाहर जा रहे थे।

अम्बिका बाबू को आया देख ठहर जाना ही मुनासिब समझा। विजय की माँ और रंजना भी बाहर आ गयी। परदे का कोई सवाल ही नहीं था।

कमरे मे बैठते हुए अम्बिका बाबू ने बात छेडी।

“विजय बाबू! उड़ते उड़ते खबर सुनी, कि शायद तुमने नौकरी से इस्तीफा दे दिया है। कुछ समझ मे नहीं आया कि आखिर सब मामला क्या है, इसी लिये आया हूँ”

“जी बाबू जी! वह खबर ठीक ही है” माँ और रंजना को सुनकर मानो यकीन ही न आया। यह पहली बार जीवन मे विजय ने विजय ने कोई बात माँ से छुपाई थी। और फिर बीजू ने नौकरी से इस्तीफा दे क्यो दिया। कारण जानने के लिये सभी उत्सुक हो उठी। अम्बिका बाबू क्या कुछ तै करने आये थे। वह बात तो पीछे रह गयी। माँ ने विजू से पूछा।

“क्यो विजू क्या बात है बता तो मुझे”

“कुछ बात नहीं माँ! माँ यों ही” सवाल विजय से था। पर अम्बिका बाबू बीच मे ही बोल उठे।

“यों ही कैसे जी! सुनिये मै सब बतलाता हूँ। रंजना देवी का मजदूर संघ मे काम करने का मतलब है कानूनन जुर्म। इस बारे मे पुलिस सी. आई. डी. ने प्रांतीय सरकार को रिपोर्ट की। इनसे इस बात का जवाब तलब हुआ कि यह अपनी बहन को क्यो नहीं रोकते। इन्होने गुस्से मे इस्तीफा दे दिया। माँ ने सारी कहानी सुनी।

“पर विजू तो दफ्तर गया था”

“सो तो जावेंगे ही इस्तीफा अभी मंजूर थोडी ना हुआ। आगे जब तक फैसला नहीं हो जायेगा तब तक काम करना ही होगा। इसके अलावा ये अगर चाहे तो इस्तीफा वापस ले सकते है। ये अभी इनके ही हाथ मे है। संभव है अभी ऊँचे अफसरों तक न पहुँचा हो। विजय की ओर मुँह करके अम्बिका बाबू ने कहा

“मेरा ख्याल है कि आप इस्तीफा वापस ले लों। जोश मे आकर ऐसा हो जाता है पर आपको हमेशा ठंडे दिल से काम लेना चाहिये। फिर आप ये भी जानते है कि समाज मे बनी बनाई इज्जत मुफत मे बिगड़ जायेगी।”

संभव था कि होने वाले ससुर के लिहाज मे विजय बाबू चुप ही रहते पर बात कुछ ऐसी पड़ गयी थी कि उन्हे बोलना पडा।

“वह सब तो ठीक है, बाबू जी पर मुझे क्या करना है और क्या नहीं, यह मै अच्छी तरह जानता हूँ इस विषय पर मुझे समझाने के लिये व्याख्यान देने की आवश्यकता नहीं

पडेगी।" माँ को विजय का ये जवाब बुरा लगा। अम्बिका बाबू के तनबदन मे तो मानो आग ही लग गई।

"तो अब आप ही सोचिये विजय की माँ ऐसी हालत मे मै इन्द्रा का विवाह कैसे कर सकता हूँ इस रिश्ते को यहां तक पहुचा कर तोडते हुए मुझे कितनाख होगा यह तो आप जानती ही है पर मेरी भी मजबुरी है" रंजना सब कुछ भौचक्की सुनती रही। । सब क्या हो रहा था वह कुछ समझ न सकी। केवल यही उसे विश्वास था कि वही सब अशांती का कारण है। उसके ही कारण भय्या को नौकरी से इस्तीफा देना पडा और अब सगाई टूट गयी। सुख शांती मे पूरी तरह आग लग चुकी थी। बिचारी चुप चाप हरेक का मुँह देखती रही उसके बोलने का अवसर ही न था। कुछ देर कमरे मे सन्नाटा छाया रहा। आखिर मौका देख कर विजय ही बोल पड़े

"बाबू जी आपका ख्याल बिल्कुल ठीक है बेहतर हो कि आप इन्द्रा का विवाह कहीं और देख लीजिये। मै शायद आपके लायक नहीं हूँ"

इसके आगे माँ भी क्या बोलती अम्बिका बाबू के जाने के बाद रंजना फूटफूट कर रो पड़ी। । माँ समझा रही थी पर रंजना की हिचकियां बन्द ही नहीं हो रही थी। विजय भय्या ने आश्वासन देते हुए कहा

"रज्जो! नौकरी से इस्तीफा मैने दिया तो इसका ये मतलब नहीं कि मै भूखों मर जाऊंगा। और रही मेरे विवाह की बात तो साफ जाहिर है कि अम्बिका बाबू इन्द्रा का विवाह मुझसे नहीं बल्कि मेरे ओहदे से कर रहे थे। इसके लिये तू बेकार चिन्ता करती है।"विजय भय्या ने रंजना के आंसू पोछ दिये। एक गिलास पानी पीकर ही वह शांत हो सकी।

घर पहुँचते ही अम्बिका बाबू ने इन्द्रा की माँ को दरवाजे से ही आवाज देना शुरू कर दिया। घबराई हुई माँ बेटी ड्राइंगरुम मे आ गयी। छड़ी कोने मे खडी कर अम्बिका बाबू घबराते हुए बोले।

"गजब हो गया इन्द्रा की माँ"मुझे क्या मालूम था कि ये लड़का इतना नालायक साबित होगा"

"आखिर बात क्या हुई। कुछ बताओ भी तो या यों ही कोरी घबराहट से पसीने आ रहे है।"

"अरे! क्या बताऊँ विजय ने नौकरी से इस्तीफा दे दिया। पागल है पागल। वह तो खैर हुई जो वक्त से पहले मुझे सब मालूम पड़ गया। मै इन्दुकी सगाई उस घर से तोड आया हूँ। इन्द्रा की माँ तो इतना सुनते ही हताश हो गयी। संभव था अगर सोफे पर न

बैठी होती तो गश खाकर गिर ही जाती।

दरवाजे से लगी इन्द्रा के पैरों के नीचे से ज़मीन ही निकल गयी। सहारे के लिये बिचारी ने सर दीवार से टेक लिया। काफी देर तक एक अजीब दृश्य रहा। आखिर हालत को संभालते हुए इन्दू की माँ ने कहा–"तुम्हारे बाल सफेद हो गये मगर काम करने का सलीका नहीं आया। जब वहां बात करने गये थे तो कम से कम घर मे राय कर लेते। और फिर विजय ने नौकरी ही तो छौड़ी है वह घराना कोई भूखा नंगा तो नहीं जहां इन्दू को कोई दुख होता हमे तो अच्छा लड़का चाहिये था। उसकी नौकरी से हमे क्या सरोकार। इसमे सगाई तोडने की बात कहां उठती है। अम्बिका बाबू को ऐसा महसूस हुआ जैसे ज़िसे वह सब ठीक समझ कर आये थे वह सब सुनकर इन्द्रा की माँ खुश नहीं हुई। पर विजय के घर पर उपजे क्रोध को कहीं ना कहीं तो शांत करते ही गुस्से मे कडकड़ा उठे "मै कोई काम अगर भलाई के लिये करूं तो भी तुझे खार गुजरता है। तुम क्या समझो इन बातों को। किसी ने सच ही कहा है किऔरतों की अक्ल घुटने मे होती है।"

"खाक भलाई की तुमने" इन्दू की माँ गुस्से मे बोली। यह भी न सोचा कि बेटी का दिल टूट जायेगा। इन्द्रा के सिसकने की आवाज दोनो ने सुनी। बाप ने बेटी को कलेजे से लगाते हुए कहा।

"तू दुखी मत हो बेटी तेरा विवाह मै इससे भी अच्छी जगह करूंगा जहां मेरी बेटी खुश रहे"

नहीं बाबू जी मै तरह तरह के खिलौने नहीं चाहती। मुझे तो बस वही खिलौना चाहिये ज़िसे मैने पसंद किया। फूल जैसे गालों पर बहती आंसूँ की धारा मे उसकी माँ बस यही समझी कि उसकी बेटी कहीं और सोने से लदकर भी खुश ना रह सकेगी। हां विजय के साथ उसका जीवन सुख शांती से कट जायेगा। चाहें समय के फेर मे उस घर मे चने ही खाने क्यूँ न पड़े। माँ बाप के विचारों मे कितना अंतर था। सुबह इन्द्रा कालिज गई। आज रंजना और इन्द्रा दोनो के दिल भरे थे। दोनो एक दूसरे का दुख भली भांति जानती थी। दिनभर कोई किसी सेबोल नहीं सकी। छुट्टि के बाद शाम को चलते चलते इन्द्रा ने कहा भी "ननदी जी" बस यही तक बोल सकी आगे गला भर आया। और जबान बन्द हो गई। रंजना जानती थी कि इन सब बातों मे इन्द्रा का कोई दोष न था। जवाब देते हुए बोली भाभी जी और ननदी का रिश्ता ही क्या वह सब तो प्रकृति नाटक का केवल एक अंश था ऐसा ही जैसे कोई हठीला बालक खेल खेल मे मिट्टी का घरोंदा बनाये और फिर स्वभाववश पैर की ठोकर से मिटा दे।

बारहवां अध्याय

रूपा और कैलाश को काश्मीर आये कई हफ्ते बीत गये थे। वहीं एक हाउसबोट भी किराये पर ले रखी थी। झेलम, शाहीबाग, जम्मू सभी अच्छे अच्छे स्थान देख चुके थे। कितना सुन्दर था वह देश जहां गांव मे भेड बकरियां चराने वाली जवान लड़कियों को देखकर सोचा करता था कि कितना बदनसीब है वह कि भगवान ने उसे नीचे मैदान मे एक ऐसे देश मे पैदा किया जहां उसके मनबहलाव का कोई साधन नहीं था। काश वह भी यहीं पर जन्म लेता। रूपा पहाडों का सौंदर्य देखकर प्रकृति की लीला को सराहा करती। झील मे छोटी छोटी नाव पर बने घर। ऊँची ऊँची पहाडों की चोटियाँ सब कुछ कितना मनोहारी दृश्य उपस्थित करते थे। कभी कभी रूपा महसूस करती कि वह काशमीर नहीं वरन स्वर्ग मे आ गई हो जहां के निवासी अपनी सादी पोशाक मे कितने भले मालूम पड़ते है। जहां मेवे और फलों का भंडार था। खाने की कोई कमी न थी। रूपा का रूप काशमीर मे और भी ज्यादा निखर गया था। फरकोट मे कभी वह बाजारों मे घूमने निकल जाती तो काशमीर की सुन्दर नारियां भी उसके रूप को देखकर ईष्या करती। रूपा कैलाश की भलाई को सदा हृदय से सराहा करती। यह सब उनकी ही कृपा थी जो रूपा को काशमीर देखना नसीब हुआ वरना कहां काशमीर का खर्चा। इधर कई दिनों से कैलाश बाबू कुछ गुमसुम से रहते थे। रूपा उनकी हालत देखकर चिंतित हो उठती थी आखिर औरत का दिल था कई बार कारण जानने की कोशिश की परंतु कैलाश ने हर

बार टाल कर दी। उस रात दोनो मुसफिर थके हारे अपने घर लौटे। रूपा तो पडते ही सो गई। पलक झपकने और सोने का प्रयत्न करने पर भी कैलाश को नींद नहीं आयी। बिस्तर पर पड़े पड़े करवटें बदलता रहा।

कुछ देर किताबों मे वक्त काटना चाहा मगर चित्त कहीं भी नहीं लगा और जब अपने अंतस्तल को टटोलते तो रूपा ही उनकी अशांती का कारण जान पड़ती। इस विचार से शायद जाग रही हो कुछ देर उससे ही बातें करके मन को शांती मिलें, कैलाश बाबू पलंग से उठ खड़े हुए। रूपा अपने कमरे मे सो रही थी। बिजली के मंद प्रकाश मे रूपा का रूप कितना चमक उठा था। गुलाब के फूल जैसे हल्के हल्के लाल होठों पर कभी कभी मुस्कराहट इस तरह लोट जाती थी मानो कोई सुखमय स्वप्न देख रही हो। हिरनी की बड़ी बड़ी आँखों को पलकों ने ठीक उसी तरह ढ़ांप रखा था जैसे किसी अमूल्य निधी पर कोई पहरेदार लगे हों। गुलाबी गाल तकिये के सहारे काले बाल शोभायमान थे। ऐसा प्रतीत होता था जैसे काली घटा मे कोई बिजली दमक रही हो। माथे पर बिखरी हुई अलकें साफ संकेत थी कि चांद पर सावन की घटा छायी हुई थी। सफेद जारजेट की साड़ी के भीतर से दमकता हुआ रूपा का सुन्दर गात सब इस बात का प्रमाण थे कि रूपा के रूप मे सचमुच कोई इन्द्र की अप्सरा कैलाश का मन बहलाने स्वर्ग लोक से धारती पर उतरी हो। रूपा का वह मन मोहक रूप इस समस्या का स्पष्ट हल था कि नारी का रूप दो ही अवस्था मे सुन्दर होता है या तो रोते हुए या सोते हुए। ये सब देख कर कैलाश अधीर हो उठा। एक अदभूत कम्पन से शरीर मे पसीने आ गये। वह और अधिक खडा न रह अपने कमरे मे चला आया। रात भर रूपा की वह मोहिनी सूरत आँखों के सामने नाचती रही। कितनी हलचल थी उसके जीवन मे और हृदय मे कितना भयकंर तूफान। धीरे धीरे रात का तीसरा पहर बीत गया। कैलाश को नींद आने लगी और उसी मधुर स्वपन मे गहरी नींद सो गया। प्रातः हुआ पूर्वी गगन मे लालिमा छाई रूपा की आँख खुली। नित क्रिया से फारिग होते होते काफी दिन चढ़ आया था।

रूपा कैलाश को जगाने लगी।

“उठिये कैलाश बाबू” दिन काफी चढ़ चुका है। अब जल्दी ही तैयार हो जाईये आज हमे गुलमर्ग जाना है ना। कैलाश बाबू ने करवट ली और फिर सोने लगा काफी प्रयत्न के बाद ही रूपा उन्हे जगा सकी। उस दिन दोनो गुलमर्ग चले गये। कैलाश बाबू अनमने मन से हर जगह धुमते रहे पर उनके विचार कहीं और चक्कर काट रहे थे। रूपा चारों ओर प्रोंतिक सौंदर्य को देखकर खुश होती और कैलाश केवल रूपा के रूप को ही देखता रहता। दो दिन गुलमर्ग मे गुजर गये। कैलाश की खामोशी रूपा के हृदय मे एक भारी चिन्ता अंकित करती जा रही थी जब कभी रूपा सोचती कि कैलाश के मन को शांती न

थी। तो वह भोली क्या समझ सकती थी कि वह सब तो एक जाल था कोरी मक्कारी और उस तक पहुचने का एक उपाय। उसके नन्हे से दिल मे किसी का दुख दर्द देखने की शक्ति ही कहां हो सकती थी। उसे क्या मालूम हो सकता था कि औरतों के कोमल हृदय को मर्द जाति का कोई भी पुरूष उनके सरल स्वभाव खुशामद दुख दर्द और तड़पन का एक कल्पित आडम्बर रचा कर उनकी सच्ची सहानुभूती का नाजायज फायदा उठाते हुए आसानी से छल लेता है और वह बिचारी अपनी आन निभाने ही मे अपना बहुत बड़ा जीवन का भाग अर्पित कर देती है। वह होता है उनके जीवन का महान त्याग ज़िसे पुरूष जाति अपनी कामयाबी समझता है। पर वह वास्तव मे वह होती है "हार"....... उसके जीवन की सबसे बड़ी हार। ठीक यही हालत रूपा की भी थी। उसका हृदय था भी इतना कोमल कि किसी का दुख उसके लिये असह्य था। गुलमर्ग मे कैलाश के साथ साथ उसका भी मन उचाट हो गया था। तीसरे दिन ढ़लते ढ़लते वे दोनो श्रींनगर आ गये। डाक लखनऊ से लगातार आ रही थी और इस डाक मे कैलाश की पत्नी का भी पत्र था। जिसे कैलाश ने बिना पढ़े फाड़कर फेक दिया रूपा को बड़ा ताज्जुब हुआ वह कुछ समझ नहीं सकी और समझती भी क्या वह सब तो केवल एक अभिनय था किसी खास मतलब से, वरना चिट्ठी फाडने की ज़रूरत ही क्या थी और वह भी रूपा के सामने। आखिर सब्र की इंतहा होती है रूपा अब और अधिक न रुक सकी पूछ ही बैठी।

"कैलाश बाबू आप जब से काशमीर आये है। आपके जीवन मे अशांती बराबर बढ़ती ही जा रही है। देश छोड़ा था। इस लिये कि यहां कुछ शांती मिल सकेगी मगर यहां तो उल्टे आपके जीवन मे हलचल और बढ़ गई। कोई विशेष कारण"

कैलाश को मानो ऐसा प्रतीत हुआ जैसे रूपा स्वयं ही करीब आना चाह रही हो। मुख मंडल पर ठीक उसी तरह खुशी लौट आयी जैसे किसी व्याघ्र के फैलाये हुए जाल मे पक्षी फँसने से होती है। कैलाश बाबू मुस्करा दिये मानो रूपा के सवाल मे कुछ खास बात नहीं थी।

"यह बात नहीं रूपा! टूटे हुए दिल को कहीं चैन नहीं मिल सकता"

"टूटा हुआ दिल"रूपा के जीवन मे वह पहले शब्द थे जो उसके कानो ने सुने उसकी सच्ची ख्वाहिश थी कि किसी तरह कैलाश बाबू के दुख दूर कर सके। आखिर उनका नमक खाया था बोली।

"आपकी ऐसी हालत देख कर मै चाहती हूँ कि आपका दुख दूर करने की कोशिश करूं मगर ...." बात कुछ आगे न चल सकी। कैलाश को एक अनोखी खुशी मिली। रूपा के हृदय के भाव कितने साफ थे पर कैलाश ने उन भाव का गलत मतलब ही लिया उसके हृदय मे सारी भावनायें जाग उठी।

"क्या रूपा तुम सचमुच मेरे दिल का हाल समझ गयी क्या सचमुच तुम मुझे इस अशांती से बाहर निकाल सकोगी।" रूपा गहराई तक अब भी न पहुँच सकी। उसने उसी भोले पन से कह दिया।

"हां हां! क्यूँ नहीं"

"रूपा ज़रा सोच समझ कर कहो इतनी बड़ी बात इस तरह जल्दी मे नहीं कह डालते। तुम जानती हो कि मै क्या चाहता हूँ।" कैलाश का चेहरा दमक रहा था। रूपा को बाहुपाश मे कस लेने के लिये उसकी भूजायें उठ गई। रूपा तडप कर दूर हट गई। उसे उस वक्त मालूम हुआ कि सच क्या था। रंजना के शब्द कानों मे गूंज उठे। रूपा अपने कमरे मे चली आयी। कैलाश का बुखार इस तरह उतर गया मानो सारी बीमारी को दवा की एक खुराक ने ठंडा कर दिया हो। कई दिनों तक दोनो खामोश रहे। कोई किसी से न बोला आखिर एक दिन रूपा कह उठी।

"कैलाश बाबू अब हमे अपने शहर लौटना चाहिये।"

कैलाश ने बात सुनी अनसुनी कर दी। बातों का सिलसिला छिड चुका था। कैलाश ने अपने जीवन की दर्द भरी कहानी रूपा को कुछ इस तरह सुनाई कि बिचारी का दिल हिल उठा। उसे यही विश्वास करना पडा कि कैलाश की सुखान्ती मे आग लगाने की ज़िम्मेवार वही है। कैलाश के जीवन भर प्रीत निभाने के लम्बे चौडे वादे तथा आगामी जीवन के सुखमय स्वपन सबने रूपा के मन को धर्म से डिगा दिया। उसने चारों ओर आँखे फाड कर देखा पर निराशा ही निराशा नजर आयी। पिता का घर, गरीबों की बस्तियां तो पहले ही उसके लिये बन्द हो चुकी थी। अब उसके जीवन का सहारा था भी कौन ? उसे कैलाश मे ही सर्वस्व मालूम पड़ा। सुखी जीवन की लालसा, ऐश्वर्य,सम्पत्ती और उमंगों ने रूपा के जीवन पर परदे डाल दिये। रात्री निकट थी। कैलाश की बातों का जवाब रूपा की नीची गरदन थी। लज्जा से रूपा ने दोनो हाथों से एक बार अपने चेहरे को छुपा लिया। मुँह पर फैली ऊंगलियों के झरोखे से उसने कैलाश की ओर प्रीत से देखा और फिर कश्मीर राज्य की पवित्र भूमि पवित्र नहीं रही। रूपा फूल बन चुकी थी।

तेरहवां अध्याय

फ़कीरा को काशी मे कई साल बीत चुके थे। फेरी लगाने का काम कुछ ही दिन करके बन्द कर दिया था। रोजगार इतना बढ़ गया था कि शहर मे एक बड़ी दुकान कायम हो चुकी थी। हजारों रूपये का लेन देन का व्यापारी फ़कीरा अब फ़कीरा नहीं सेठ फ़कीरचन्द बन गया था। भगवान की दया थी किस्मत ने साथ दिया। सभी नौकर चाकर मालिक से खुश थे। फ़कीरा भी उनकी सहुलियत का पूरा पूरा ध्यान रखता था। गिरे वक्त से खुद गुजर चुका था गरीबों के दुख दर्द को अच्छी तरह पहचानता था। रूपये खर्च करने के लिये आगे पीछे था ही कौन? और फिर छाती पर रख कर ले थोडे न जाता। अपने आश्रित के ऊपर खर्च करने के अलावा काफी रकम इधर उधर जाती रहती थी जैसी नीयत वैसी बरकत। व्यापार का सारा काम एक मैनेजर साहब की देख रेख मे था। जाति के बंगाली पर बडे होशियार और तजुर्बेकार थे।

वक्त और भगवान की सीधी निगाह थी काम भली प्रकार चल रहा था वरना सेठ फकीर चन्द खुद अपने दस्तखत बनाने के सिवा लिखने-पढ़ने में कोरे साफ थे। ईमानदार आदमी साथ थे। फकीरा व्यापार मे पूरी तरह तैर चुके थे। ऊँच नीच चढ़ाव उतार सबमे पूरी तरह माहिर। उन्ही लोगों की आँखों के सामने जहां कुछ साल पहले फ़कीरा फटेहाल पहुचा था। देखते ही देखते कारोबार मे उनसे कहीं आगे बढ़ गया था। कुछ ऐसे भी दुकानदार थे। ज़िनकी दुकान से आढ़त पर कपड़ो लेकर फकीरा फेरी लगाया करता था।

अब वह दुकानदार भी माल खरीदने सेठ फकीरचन्द की दुकान पर आया करते। सेठ उनकी मेहरबानियों को भुला नहीं था। उनके साथ उसका बर्ताव वही पहले जैसा था। लखनऊ मे मिलों की हडतालें इस कदर जोर पकड गई थी कि मालिकों को पीछा छुडाना भरी हो रहा था। कुछ मिल के मालिक तो आधे पाउने दाम पर मिलें बेचने के लिये तैयार भी हो गये थे। । बाज लोगों का दीवाला ही निकल गया था। क्राऊँन शुगर मिल के हड़ताल की वजह से नुकसान इस दर्जे तक हो चुका था कि मिल मालिकों के लिये दुबारा मिल खोलने से बेहतर था कि वो मिल ही बन्द कर दे। अगर कोई मिल जाता तो किसी भी कीमत पर बेचकर इस झमेले से किनारा कर लेते।

खबरें अन्य व्यापरियों मे बराबर पहुँच रही थी पर मजदूर संघ के घर से कोई धन का लोभी आगे आने का साहस नहीं करता। हाँ! फकीरा को जब ये खबर मिली तो वह प्रस्तुत हो गया। रोजगार फैलाने का विचार कई दिनों से उसके दिमाग मे था। हाथ लगा अवसर भला क्यूँ छोड़ता मैनेजर को साथ ले लखनऊ चला आया। सौदे पर बातचीत शुरू हुई मिल के मालिकान और दूसरे सरकारी अफसरों से मिलने मिलाने मे कई दिन लग गये। आखिर सौदा पक्का हुआ। मिल के मालिक को काफी घाटे पर मिल बेचनी पड़ी। रजिस्ट्री - स्टाम्प सारी कार्यवाही पूरी हुई। इस तरह फ़कीरा एक मिल का मालिक बन गया। दिन का तीसरा पहर था धूप की तेजी कुछ कम हो चली थी। सेठ और मैनेजर दोनो मिल देखने गये। गोंमती के किनारे शहर से थोडी दूर एक गांव मे मिल थी। कार मे बैठे सेठ को छः साल पहले की घटना याद आने लगी। जब उसने बीबी जी से चलते समय वादा किया था कि यदि जीवन मे कुछ काबिल बन गया तो एक बार मरने से पहले ज़रूर मिलेगा। यह भी विचार उठा कि बीबी जी भी तो यहीं लखनऊ मे होंगी और विचारों के झोकों मे ही उसने बीबी जी से मिलने का निश्चय कर लिया। निः संदेह अब वह उस काबिल था कि बीबी जी का सामना कर सके। कार एकाएक रुकी। मिल आ गई थी। सेठ और मैनेजर दोनो कार से उतर पड़े। सड़क के किनारे से ही मिल की सीमा शुरू हो गई थी। चारों ओर देखकर सेठ को जगह बहुत पसंद आयी। खुली हवा गांव का मंजर नदी का किनारा सभी कितने अनुपम दृश्य? मिल के दरवाजे पर ही हड़ताली ज़मा थे। एक नये सेठ को आते देख थोड़ा ताज्जुब हुआ। प्रायः मिल मालिकों की तो वह हालत थी कि मजदूर संघ के लोगों पर नजर पड़ते ही उनके साये से भी कोसों दूर भाग जाते थे और एक ये सेठ है जो बेधड़क उनकी तरफ बढ़ा ही चला आ रहा था। दोनो मिल के दरवाजे पर पहुँचे ही थे कि हड़तालियों ने नारे लगाने शुरू कर दिये। सेठ के रूप मे हर आदमी उनके लिये एक खतरा था। लोंगो की लाठी हाथों मे तन गयी। मगर सेठ के चेहरे पर बल तक नहीं आया। हड़तालियों के ताज्जुब का ठिकाना न था। शोर गुल उसी तरह हो रहा था कि एक हड़ताली चीख उठा। "देखते

क्या हो रहा मारो"। फ़कीरा बिगड़ कर गरज उठा।

ठहरो! मारो! क्या खूब! कुछ देखभाल कर भी काम करते हो या वैसे ही कोरे अंधेपन से शेर की गरज मे सबकी लाठियां नीची की नीची रह गई। फ़कीरा वहीं मिट्टी के टीले पर ही बैठ गया। उनके लिये फ़कीरा नये किस्म का सेठ था। उसका बेधड़कपन। उसकी सादगी और फिर बातचीत का तरीका कुछ ऐसा था कि लोगों के लिये उसे गैर समझना मुश्किल हो गया। टीले के चारों तरफ हड़ताली ज़मा हो गये थे। फकीरा सेठ उनसे बातें कर रहा था कि एक नौजवान बीच मे ही बोल उठा।

"सेठ इन सब बातों के लिये आपको हमारी प्रधान से मिलना होगा। फ़कीरा को विश्वास हो गया कि वह एक दृढ़ संगठन है था पर उसे किसी से भी मिलने का क्या डर"

"ज़रूर! मगर आपकी प्रधान है कौन? चारों ओर सन्नाटा छा गया। सभी एक दूसरे के मुँह को इस तरह ताकने लगे मानो उन हडतालियों को घोर आश्चर्य हो रहा हो कि सेठ प्रधान के नाम से परिचित न था। एक बलबला उठा।

"साथियों! देखा कितना बन रहा है यह सेठ। कोई सी.आई. डी. का आदमी जान पड़ता है उन्ही मे से एक मुख्य खड़ा होकर गरज उठा।

"चुप रहो! किसी को कुछ बोलने की ज़रूरत नहीं।" मजमे मे फिर खामोशी छा गयी। सेठ की ओर मुडकर बोला। हमारी प्रधान रंजना देवी है। क्या आप सचमुच नहीं जानते।

"नहीं! मै बाहर का व्यापारी हूँ मैने मिल आज ही खरीदी है। सारी बातें पूरी तरह समझना उनका फर्ज था। "रंजना देवी" का नाम सुनकर फ़कीरा को ऐसा प्रतीत होने लगा मानो"वही रंजना है"वही मेरी बीबी जी"। ...."बीबी जी" घुटी घुटी सी चीख निकल पड़ी खुशी मे फ़कीरा को कुछ देर यह भी न मालूम हो सका कि वह कहां बैठा है। अपने आप को संभालते हुए बोला।

"मै आपके प्रधान से मिलना चाहता हूँ। क्या आप उन्हे बुला सकते है।"

"जी हाँ!" कार्यकरता ने हड़तालियों में से एक की ओर संकेत किया। नौजवान ने मजमे से उठकर दरवाजे में रखे हुये फोन पर किसी ने कुछ बातचीत की, काफी देर इसी तरह बीत गयी। हड़ताली भेद लेने की कोशिश में फ़कीरा से बातो में लगे थे परंतु उसके विचार कहीं और चक्कर काट रहे थे। सड़क के किनारे किसी कार के रुकने की आवाज सुनते ही सब संभल कर बैठ गये। रंजना गाडी से उतरी। रंजना पर नज़र पड़ते ही फ़कीरा ने बीबी जी को पेहचान लिया। पास खड़े लोग केवल यही देख रहे थे की सेठ

की सांसे तेजी से चल रही थी। आँखे उल्लास से फटी, होंठ खुले के खुले मानो कोई अन्नंत खुशी साँसो के साथ उसके दिल में समा रही हो।

सेठ पर नज़र पड़ते ही रंजना भी फ़कीरा को पेहचान गयी। यकीन न आया कि जो कुछ वह देख रही थी वह सब वाकई सच था। आँखों की पलके बार-बार ऊपर तले झपक रही थी। रंजना पुकार उठी –"सेठ फ़किर चन्द"

"नहीं बीबी जी वही फ़कीरा"। दोनो वही टीले पर बैठ गये। सभी हड़ताली दंग थे। जोश में सेठ पर लाठी उठाने वाले जवान के मुँह पर तो हवाईयाँ उड़ रही थी। कई साल के बाद दोनो मिले थे। दोनो की आँखो में खुशी के आंसूँ थे। दोनो ही जीवन में उत्थान के काफी ऊँचे शिखर तक पहुच चुके थे। एक धन और व्यापार में तो दूसरी मान प्रतिष्ठा और सेवा में। कई महीने से बन्द मिल का दरवाजा खोला गया। मजदूरो और किसानों की दीन दशा फ़कीरा से छुपी ना थी। मील पूरी तरह घुमते घुमते उसने रंजना से मजदूर संघ के बारे में सारी बातें मालूम कर ली।

दुर्भिक्ष से पीडित लोगों की तकलीफ का अनुमान लगाते ही फ़कीरा के रोंगटे खड़े हो गये। उन बेचारे गरीबो को हर तरह से आराम पहुँचाना उसका फर्ज था। विचारो का तूफान मस्तिष्क को झिझोड़ रहा था। मिल का कोना-कोना देखकर फ़कीरा, रंजना और मैनेजर तीनो बाहर निकले। एक हड़ताली मिल के दरवाजे को ताला लगा कर चाबी फ़कीरा को देने लगा। वह मुस्कुरा दिया - "मिल का दरवाजा खोल दो। यह मिल अब मेरी नहीं तुम्हारे जैसे मेरे हजारो गरीब मजदूर किसान भाईयों की है। जहाँ किस्मत के मारे भूख नंगे देश के गरीबो को सर छुपाने को साया-पेट की रोटी, तन ढ़ांकने को कपड़ा मिलेगा। जहां के काम करने वालो की मेहनत की कमाई उन्ही पर खर्च होगी। यहां अब इल केवल एक मिल ही न रहेगी यहां की पवित्र भूमि पर खड़ा होगा संसार की सेवा के लिये एक महान सेवा आश्रम।"

सभी हड़ताली भोचक्केपन से सेठ का मुँह ताक रहे थे। लाठी तानने वाला जवान तो सचमुच रो पड़ा। रंजना के जीवन में त्याग की वह पहली मिसाल थी। मिल के मालिक के ताले की जगह मजदूरो का अपना ताला लग गया। सब लोग वहाँ से चल पड़े। किसी के अब यहां ठहरने की जरूरत ही क्या थी। फ़कीरा और मैनेजर होटेल चले आये। रंजना घर वापिस चली गयी।

फ़कीरा का शरीर शिथिल हो रहा था। होटल पहुँचते-पहुँचते उसे ज्वर चढ़ आया। वह बिस्तर पर लेट गया। शाम को विजय भईया और रंजना भी होटल आये। काफी देर तक इधर उधर की बातें होती रही। एक ज़माने के बाद लोग मिलें थे। बातें जल्दी खत्म कैसे होती। विजय का अनुरोध था कि फकीर चन्द उनके घर पर ही ठहरे। फकीरा

इंकार न कर सका। सब लोग होटल से घर चले आये। मैनेजर उसी रात बनारस वापस लौट आया। फकीरा ने खुशी के कई दिन मेहमानी में काट दिये। बुखार उतरने का नाम ही न ले रहा था। वरन हालत और दिन पर दिन गिरती ही जा रही थी। ड़ाक्टर और इलाज का पूरा इंतजाम था। रंजना खुद तीमारदारी कर रही थी। हर शाम लोग यही उम्मीद लेकर आराम करते कि सुबह फ़कीरचन्द भले चंगे उठेंगे। पर हर सुबह हालत कुछ और बिगड जाती। डॉक्टरो की राय हुई कि सेठ जी को मेडिकल कालेज में दाखिल किया जाये। वहां हर इलाज की सुविधा मिल सकेगी परंतु विजय और रंजना का अनुरोध था कि फ़कीरा का इलाज उनके घर पर ही हो मगर ड़ाक्टर की राय के आगे उन्हे भी चुप रहना पड़ा फ़कीरा मेडिकल कालिज में दाखिल हो गया। कई दिन ड़ाक्टरों ने मरीज के साथ कड़ी मेहनत की। हर इलाज तजूर्बे में लाया गया। मगर नाकामयाबी साफ नजर आ रही थी। रंजना और विजय बराबर फ़कीरा के पास रहे। बनारस से मैनेजर और सभी नौकर चाकर आ चुके थे। ड़ाक्टरो के इलाज में कोई कमी न थी। वे बेचारे पूरी कोशिश कर रहे थे मगर जीवन की आशा टूट चुकी थी। उस दिन करीब चार बजे एकाएक फ़कीरा की हालत बिगड गयी। उन सात दिनों की बीमारी में फ़कीरचन्द का चेहरा बिल्कुल बदल चुका था। फकीरचन्द ने ख्वाहिश जाहिर की कि वह वसीयत करना चाहते है। फौरन रजिस्ट्रार को बुलाया गया। सेठ ने वसियत लिखवा दी। ज़िसके अनुसार कुल नकदी का एक चौथाई हिस्सा उसने अपने नौकरों को दिया। एक बड़ा भाग मैनेजर साहब को बाकी सब सम्पती और जायदाद की रंजना मालकिन बना दी गई कि वह धन को मजदूर किसान और गरीबों की सेवा में लगा दे। रजिस्ट्रार साहब वसियत पर दस्तखत करवाकर चले गये। फकीरचन्द जीवन में उस आखिरी कर्ज से भी आजाद हो गया। रंजना को पलंग के सहारे रोती देख फकीरा ने बचे खूचे शरीर के साहस को एकत्रित कर भराई हुई आवाज में कहना शुरू किया।

"बीबी जी" आपकी आँखो में आंसूँ। मै संसार से खुशी खुशी जा रहा हूँ। मेरी अभिलाषायें पूरी हो चुकी। जीवन मे तुम्हे उत्थान के ऊँचे शिखर पर देखकर अपना वादा निभा दिया। मेरे सीने पर ना कोई चिन्ता है ना कोई दुख आज से पहले कभी कभी आदेश के रूप मे तुम्हे कुछ बातें बतलाता रहा था आज की मेरी ये आखिरी बातें याद रखना। जीवन की सच्ची सफलता गरीबों की सेवा में ही है। भूखे नंगे मजदूर और किसानों की सेवा मे-सेवा के रूप मे किया गया उपकार लोक और परलोक दोनो ही जगह तुम्हारे काम आयेगा। गुमराहियों मे भटकते हुए किसी भी मनुष्य को सहारा देने मे ही जीवन का कल्याण है। मानवजाति की निरंतर सेवा का जो तुमने बीड़ा उठाया है उसमे जीवन भर लगी रहना। गरीबों को मौत के पंजे से छुडाना ही वास्तविक श्रेय योग्य है। मैने जीवन मे महान पतन को भी देखा है और आज उन्नति के मार्ग पर चलता

हुआ काफी दूर आगे जाकर दुनिया छोड़ रहा हूँ। मेरे अंतःस्तल मे जीवन के पाप और पुन्य का घमासान युद्ध हो रहा है। अपने सारे कर्म मुझे आज याद आ रहे है। दुकर्म और सुकर्म दोनो के धुंधले और चमकते पट मेरे समक्ष है ज़िन्हे मै जीवन की बुझती हुई ज्योती मे हृदय की आँखों से बिल्कुल स्पष्ट देख रहा हूँ और उसी मे मुझे शांती मिल रही है। बीबी जी आंसूँ पोछ डालो। मेरे लिये तुम्हारा हृदय दुखी हो रहा है इसी ममता मे फँस कर मेरे प्राणो को भारी अशान्ती हो रही है। आज विजय भईया के साथ तुमको सुखी देखकर अपने फर्ज से आजाद हो चुका। मेरे जीवन की यात्रा आज पूरी हो रही है मुझे चैन से जाने दो। मेरे जाने के बाद मेरी इच्छानुसार मेरे "सेवा आश्रम" की बुनियाद रखना। अपनी राह से कभी न डिगना। माया की चमक से अपनी आँखे सदा नफरत से फेर लेना ताकि उसकी ठगनी चकाचोंध तुम्हारे हृदय मे लालच न भर दे कि तुम अपने फर्ज को छोड़कर अलग हट जाओ तब मेरी आत्मा दुख से तड़प उठेगी। मेरे बाद कभी मेरी याद भी न करना। मतलबी संसार मेरी बुराईयों को ही उधेदेगा मेरी अच्छाईयां तो मेरे साथ चली जायेंगी और कर्तव्य की लडाई मे संभव है पैसे के घमंड मे कोई नीच मेरे पापों की कीचड़ तुम्हारे निश्कलंक आँचल से थोपने की कोशिश करे। फकीराचन्द का गला रूँध गया ड़ाक्टर दोनो हाथों से नब्ज थामे बैठा था। दोनो हाथों को जोडकर फकीरा ने सबको नमस्ते की आँखों से पानी की धार बह निकली। ड़ाक्टर ने ऑक्सिजन देकर कुछ देर होश मे लाने का प्रयत्न किया किया किंतु चेष्टा निश्फल। देखते ही देखते प्राण पखे शरीर छोड़कर चले गये। रंजना ने मृत शरीर ढ़क दिया। लोग रो पड़े। वह था फकीरचन्द के सफल जीवन का शन्तिमय अंत।

चौदहवां अध्याय

फकीरा के मृत शरीर के साथ हजारों की तादाद मे मजदूरों और किसानों का जुलूस चला हल्के हल्के बादल आकाश मे छाये थे मानो किसी पवित्र आत्मा को शमशान तक ले जाने वालों को कड़ी धूप से बचने का सहारा दे रहे हो। कार पर रखी अर्थी केवल हार फूलों का अम्बार दिखाई दे रही थी। गोमती के किनारे फकीरा की चिता

धधक कर जल उठी। आकाश की ओर हवा मे उड़ते हुए आग के शोले मानो संसार को त्याग और सेवा की एक अमर कहानी सुना रहे थे। क्राऊन शुगर मिल के नजदीक उसी गांव मे काफी जगह थी। जहां की पवित्र भूमि पर फकीरा के आदेशानुसार "सेवाश्राम" बनना शुरू हुआ। सारे काम की देखरेख खुद रंजना कर रही थी। फकीरा की दुकान के नौकर चाकर, मैनेजर आदि सभी उस काम मे हाथ बंटा रहे थे। संसार भर के गरीब मजदूर किसानों की सेवा के लिये एक आलिशान ईमारत की बुनियाद पड़ चुकी थी। दिन पर दिन बीतते जा रहे थे काम तेजी से चल रहा था।

दूसरे दिन अम्बिका बाबू सेक्रेटेरियट की ओर रवाना हुए। दफ्तर पहुँचने पर मालूम हुआ साहब कमरे मे थे। कार्ड भिजवा दिया। थोडी देर इंतेजार के बाद घंटी बजी। चपरासी ने अन्दर जाने का संकेत करते हुए दरवाजा अन्दर की ओर खोल दिया। उन्हे आता देख चीफ सेक्रेटरी ने बातें शुरू कर दी।

"आईये सेठ साहब! कहिये कैसे तकलीफ की। तशरीफ रखिये।" अम्बिका बाबू आराम से कुर्सी पर जम गये।

"कोई खास वजह तो नहीं! हाँ एक ज़रूरी बात पूछनी थी। आप शायद विजय कुमार को तो जानते ही होंगे और साथ ही साथ यह भी कि उन्होने इस्तीफा दे दिया है। मगर सुना है कि दो महीने से ऊपर हो गये पर वह बराबर दफ्तर आ रहे है मेरा ख्याल है अगर गलत नहीं है तो इन हालत मे ताज्जुब और चिन्ता दोनो के लिये काफी गुंजायिश है" मै इस मामले मे सिर्फ इतना मालूम करना चाहता हूँ कि अब इस मामले मे क्या हो रहा है।

चीफ सेक्रेटरी के लिये यह जानने की उत्सुकता थी कि आखिर अम्बिका बाबू की विजय के कैरियर से क्या दिलचस्पी। पूछ ही बैठा........."आप मिस्टर विजय को किस तरह जानते है" अम्बिका बाबू ने बात खोलते हुए कहा।

"मैने अपनी बेटी का रिश्ता पक्का किया है उनसे। शुरू की कुछ रस्मे अदा भी हो गयी फिर अचानक खबर मिली कि उन्होने इस्तीफा दे दिया है शादी की बात वही रोक दी गई फैसला होने तक हो ही क्या सकता था। शादी का नाम सुनते ही अफसर खुशी से उछल पड़ा।

इन्द्रा की सगाई छूट जाने से उसकी माँ को अत्यंत दुख हुआ था। इन्द्रा की दशा भी कुछ अजीब थी। वही इन्द्रा ज़िसके सुन्दर मुख मंडल पर सदा मुस्कराहट खेलती थी अब वह बिल्कुल गुमसुम हो गयी थी। बिचारी जबान से कुछ न कहती और कहती भी क्या? आखिर शर्म लिहाज अभी ज़माने से पूरी तरह उठा नहीं था। न आजकल के दिन थे कि आजाद लड़कियां खानदान की लाज को पेंसिल हिल सैन्डिल के तले मसल कर कोर्ट मे सिविल मैरीज करा लेने के बाद घर आकर अपने माँ बाप से पति देवता का परिचय करा देती है। इन्द्रा वास्तव मे सच्ची नारियो मे से एक थी ज़िसे बचपन से ही अपने जज्बात अपने दिल मे दबाना सिखाया जाता है जबान बन्द, अगर यदि कभी दुख असह्य होता तो आँखों की राह हृदय पानी बन बह निकलता। आजकल की इन जवान लड़कियों से बिलकुल विपरीत जो नई रोशनी की मौजूदा एटीटयूड की आड़ मे हर साल सड़को के किनारे रूप और यौवन की पुरानी डेगची सजाकर दो चोटियाँ फटकार कर इस तरह उड़ती फिरती है कि कोई मतवाला भ्रमर उन मुरझाई हुई कलियों पर भी गिर सके।

इन्द्रा की दशा बड़ी शोचनीय थी। माँ बेटी की खामोशी मे उसके हृदय के भाव ताड़ लेती और कोशिश करती कि बिगडी बात संभल जाये। विजय बाबू का इस्तीफा दे देने की खबर सुनने वालों के लिये वह बातें एक समस्या बन गयी थी। काफी अरसा गुजर चुका

था पर वह अभी भी दफ्तजाते थे। बहुतों ने अनुमान लगा लिया था कि शायद उन्होने इस्तीफा ही न दिया हो और वह खबरें झूठी है। अम्बिका बाबू की हालत ऐसी ही थी घर मे पत्नी से इसी बात की झडप होती थी। उस रात दोनो देर तक बातें करते रहे।

इन्द्रा की माँ पति को समझा रही थी। "इन्दू की हालत मुझसे देखी नहीं जाती। बेटी घुल घुल के आंधी होती जा रही है। तुम बाप हो पर माँ का हृदय क्या समझे। अपने हाथों से पाला है खुद गीले मे सोकर उसे सूखे में सुलाया है। इन्दु का विवाह अगर विजय से न हुआ तो शायद वो यूँ ही जान दे दे। उसे इस तरह तडपाने से अच्छा है कि गला ही घोंट दूँ। मुझसे तो अब उसका दुख देखा नहीं जाता। अम्बिका बाबू को यह बातें सुनकर यही समझना पड़ा कि इन्दु की माँ भी इन्दु का विवाह विजय बाबू से ही रचाना चाहती है। बेटी की मोहब्बत बाप के भी दिल मे थी। वह भी कब इन्द्रा को दुखी देखना चाहते थे। बाकी वह सब तो एक बड़प्पन की आन थी जो बाधा डाल रही थी। कि उनका दामाद प्रशासनिक अधिकारी हो। समझाते हुए इन्दु की माँ से बोले।

"इन्दु की माँ! तुम तो यही समझती हो कि औलाद की मोहब्बत सिर्फ माँ को ही होती है। बाप को बिल्कुल नहीं क्या मुझे इन्दु से मोहब्बत नहीं इन्दु की माँ ने नाक भौ सिकोडते हुए ज़वाब दिया।" है तो पर उतनी ही ज़ितनी ऊरद पर सफेदी। आखिर विजय के घराने मे क्मी ही क्या है और फिर ताज्जुब तो इस बात का है कि विजय ने नौकरी से इस्तीफा दे दिया पर आफिस बराबर जा रहा है। सच पूछो तो हमे डर है कि अच्छा लड़का कहीं हाथ से निकल न जाये। आखिर तुम इन सब बातों का सही पता क्यूँ नहीं लगाते। मुझे तो सारी बातें झूठी मालूम होती है। किसी दिन दफ्तर जाकर पता करो अम्बिका बाबू को पत्नी की बात पसंद आयी पर इस्तीफा देने की खबर खुद विजय ने पक्की की थी लेकिन पता लगाने मे हर्ज ही क्या है और फिर चीफ सेक्रेटरी से भली प्रकार जान पहचान भी थी। यही फैसला हुआ कि दूसरे ही दिन वह चीफ सेक्रेटरी से मिलेंगे।

ओह! आई सी! यह बात है! हां मिस्टर विजय ने इस्तीफा ज़रूर दिया था मगर वह ड्युटी पर बराबर आ रहे है और हमेशा आते रहेंगे। किस बात मे गुस्से मे आकर उन्होने इस्तीफा दिया आपको मालूम होगा मैने उनके कागजात को आगे जाने से रोक दिया है वह सब तो विजय बाबू की जवानी के गरम खून का जोश था मगर मेरी भी तो मजबूरी थी आखिर मुझे भी सरकारी फर्ज निभाना था। खैर यह सुनकर खुशी हुई कि आप उनके होने वाले ससुर है। मेरी तरफ से मुबारकवाद। आप इस वक्त तशरीफ ले जाये मै मिस्टर विजय को बुलाकर समझा दूँगा कि वह अपना इस्तीफा वापस ले ले। अम्बिका बाबू उम्मीद लेकर आये थे क्या पर हुआ क्या। चेहरे से खुशी टपक पड़ी। खुशी

खुशी वहां से उठकर चल दिये। कार मे आते आते वह सोच रहे थे काश कुछ दिनों पहले ही पत्नी की बातों पर ध्यान दे देते।

उन्हे अपनी पत्नी की दूरंदाजी पर अभिमान हो चला। किसी का अनुभव ठीक भी है औरतों के दिमाग मे २४ घंटे मे एक बार अक्ल की बात आती ही है। अम्बिका बाबू के चले जाने के बाद सेक्रेटरी ने विजय बाबू को फोन किया अफसर का बुलावा था उन्हे जाना ही पड़ा। विजय को कमरे मे आता देख सेक्रेटरी साहब जानबूझ कर लिखने मे मशगूल हो गये। बैठने का इशारा करते हुए मुस्करा कर बोले।

"कहिये! मि० विजय इस्तीफे का क्या हुआ" विजय को मानो घोर ताज्जुब हुआ।

"शायद इस बारे मे आपको हमसे ज्यादा मालूमात होगी" साहेब खिलखिला कर हंस पड़े। कागजात की फाइल बोर्ड मे बांधकर पास रखी रेक मे रखते हुए सवाल किया।

"आप अपना इस्तीफा वापस क्यूँ नहीं ले लेते" अफसर बराबर मुस्करा रहा था इसलिये विजय को क्रोध आने का कोई विशेष कारण नहीं था। हंसते हुए जवाब दिया।

"मालूम होता है कि यह सब कहकर आप मुझे दूसरी गलती करने पर प्रेरित कर रहे है। जो एक बार लिख दिया उसे अटल समझिये" विजय के ऐसे बेधड़क जवाब को सुनकर अफसर खुश हुआ।

दफ्तर से चीफ सेक्रेटरी से मिलकर अम्बिका बाबू सीधे घर पहुंचे। गाडी पोर्च मे रुकने की आवाज सुनते ही इन्द्रा की माँ बाहर आ गई। इन्दु के पिता के मुख पर खुशी देख उनके मन को बड़ा संतोष हुआ। कमरे मे बैठ कर अम्बिका बाबू ने सारी कहानी इन्दु की माँ को सुना दी। वह खुशी से फूल उठी। परदे के पीछे दरवाजे से लगी इन्द्रा भी सब सुन रही थी उसकी खुशी का ठिकाना ना था उल्लास में एक लम्बी साँस हृदय के उपर चढ़ी शरीर में एक अदभूत कम्पन के साथ साथ चेहरे पर मधुर लालिमा चमक उठी। होंठ खुशी में खुले के खुले रह गये। दीवार के सहारे खडी इन्द्रा की मदभरी आँखे उपर आकाश की ओर उठ गई सारा शरीर सिहर उठा। काश उसका वह मधुर सौंदर्य विजय देख पाते। खुशी मे इन्द्रा कुछ फल उसी खोई दशा मे खडी रही दोनो की बातें उसी तरह जारी थी। इन्द्रा के कान फिर उधर ही लग गये। अम्बिका बाबू कह उठे।

"तो आज शाम को मै विजय की माँ के पास जाऊंगा।"

"मै भी साथ चलूँगी" बात पक्की हो गई।

शाम को विजय घर पहुँचा ही था कि अम्बिका बाबू की गाड़ी खड़ी दिखाई दी। दफ्तर मे साहब का मिलना शाम अम्बिका बाबू का आना। मन ही मन मुस्करा दिये। बाहर ही सुरेन्द्र भी आता दिख गया जोर से भईया कहते हुए लिपट गया। कमरे मे

आते ही विजय बाबू ने अम्बिका बाबू के पैर छूए। सारा माहौल हल्का हो गया। शादी की तारीख जल्द से जल्द निकालने के लिये माँ जोर देने लगी। परदे के पीछे खड़ी रंजना के हाथ स्वतः ही भगवान की ओर उठ गये। "मेरे अच्छे भईया"।

"मै आपके जज़्बात की दिल से तारीफ करता हूँ। वाकई उस दिन की घटना कुछ ऐसी अजीब थी कि बाद मे मुझे काफी अफसोस हुआ और आपके गुस्से ने तो कमाल ही कर दिया खैर उन सब बातों को बीते हुए काफी अरसा हो गया उम्मीद है कि आपका गुस्सा शांत हो गया होगा। अब आप अपना इस्तीफा वापस ले लीजिये। इसीलिए मैने वह कागजात हिफाजत से अपने पास रख लिये थे। विजय को उस दिन मालूम हुआ कि उस अफसर के विचार कितने ऊँचे थे। बातचीत से साफ जाहिर था कि शराफात मे काफी दब चुका था और विजय के लिये भी अधिक बदगुमान होने की कोई जगह नहीं थी।

"जैसा आप मुनासिब समझे "विजय कुमार ने जवाब दिया। चीफ सेक्रेटरी ने ड्राज की चाबी खोल सिक्रेट बाक्स निकालकर इस्तीफे के कागज विजय के हाथ मे देते हुए बोले।

"मिस्टर कुमार! एक ज़माना था। मेरे खून में भी गर्मी थी। मुझे भी ठीक इसी तरह सुनने की ताब न थी लेकिन वक्त से गुजरते हुए खून की गर्मी अपने आप ठंडी पड़ गयी। इन अठठाइस साल की नौकरी के बोझ से कमर टूट चुकी है। ऐसा ही शायद आपके साथ भी हो जब आप मेरी उम्र तक पहुँचगे। खैर खुशी की बात है अम्बिका बाबू ने आपका जोश ठंडा करने के लिये काफी खुशगवार इंतजाम कर दिया है। अभी मेरे पास आये थे। आपकी शादी की खबर सुनकर बहुत खुशी हुई। मेरी तरफ से मुबारक वाद। "टू बोथ आफ यू.." चीफ सेक्रेटरी हंस रहा था विजय भी खुश थे। फाइल हाथ मे लिये विजय अपने कमरे मे आये।

"लों रामलाल यह इस्तीफा वापस आ गया मालूम होता है मुझे यहां अभी नौकरी करनी पड़ेगी।" रामलाल की खुशी का अन्दाजा लगाना कठिन था सारे दफ्तर मे हर्ष की लहर दौड़ गयी।